Todo lo demás era silencio

Manuel de Lorenzo

Todo lo demás era silencio

Papel certificado por el Forest Stewardship Council®

Primera edición: abril de 2019

© 2019, Manuel de Lorenzo
© 2019, Penguin Random House Grupo Editorial, S. A. U.
Travessera de Gràcia, 47-49. 08021 Barcelona

La editorial ha tratado de contactar a los propietarios de los derechos de citas que aparecen en el libro y se les reconoce la titularidad de las mismas.

Penguin Random House Grupo Editorial apoya la protección del *copyright*.
El *copyright* estimula la creatividad, defiende la diversidad en el ámbito de las ideas y el conocimiento, promueve la libre expresión y favorece una cultura viva. Gracias por comprar una edición autorizada de este libro y por respetar las leyes del *copyright* al no reproducir, escanear ni distribuir ninguna parte de esta obra por ningún medio sin permiso. Al hacerlo está respaldando a los autores y permitiendo que PRHGE continúe publicando libros para todos los lectores.
Diríjase a CEDRO (Centro Español de Derechos Reprográficos, http://www.cedro.org) si necesita fotocopiar o escanear algún fragmento de esta obra.

Printed in Spain – Impreso en España

ISBN: 978-84-9129-342-2
Depósito legal: B-5.309-2019

Black Print CPI Ibérica
Sant Andreu de la Barca (Barcelona)

SL93422

Penguin
Random House
Grupo Editorial

A mi padre

Y sin embargo allí estaba: haciéndome matar
por las hormigas rojas y también
por las hormigas negras, recorriendo las aldeas
vacías: el espanto que se elevaba
hasta tocar las estrellas.
ROBERTO BOLAÑO

Extracto del poema «Sucio, mal vestido»,
de *Los perros románticos*

NOTA DEL AUTOR

Hay lugares de los que uno nunca regresa del todo. De los que no es posible volver intacto. De los que no es posible salir ileso. De alguna manera, una parte de nosotros se queda para siempre en ellos.

A veces en esos lugares uno se libera de sus miedos. Otras veces son nuestras penas o nuestras inquietudes las que abandonamos allí. Pero hay lugares de los que uno regresa con la extraña sensación de que aquello que ha dejado atrás, en algún punto indeterminado del viaje, es un pedazo de su felicidad.

El poeta Félix Grande escribió: «Donde fuiste feliz alguna vez / no debieras volver jamás: el tiempo / habrá hecho sus destrozos, levantando / su muro fronterizo / contra el que la ilusión chocará estupefacta».

Siempre he pensado que estos versos contienen una verdad equivocada. Si hay algo que uno debe intentar hacer a toda costa es volver allí donde fue feliz. Porque en ocasiones es la única forma de recuperar esa pequeña parte de uno mismo que se quedó para siempre en aquel lugar. Esa parte que nos falta. Ese pedazo de felicidad que muchas veces, hasta que el azar nos golpea, ni siquiera somos conscientes de haber dejado atrás.

Manuel de Lorenzo, enero de 2019

UNO

A pesar de todo, Lucía todavía dormía. Faltaban veinte minutos para las siete de la mañana y la séptima planta estaba en calma. La tarde anterior, al descubrir algunos vasos desechables en la papelera de la habitación, una enfermera un tanto indiscreta había comentado que el mejor café era el que servían en el bar de la calle de atrás, un local de aspecto ruinoso que cerraba a medianoche y abría a primera hora, alrededor de las seis y media. Después de una noche tan larga, aquel era un buen momento para dar un paseo, fumar un cigarro y desayunar.

Julián no era fumador, pero a menudo fumaba. Creía que el tabaco le servía para aliviar el estrés. En realidad, lo irritaba. Esperando a que abriese el bar dio una vuelta alrededor del hospital y se detuvo frente a la puerta principal. Le llamó la atención lo tranquila y silenciosa que estaba la calle. Demasiado incluso para un sábado de madrugada. Era una calle incómoda. Fría. De formas torpes y exageradas. La acompañaba una inevitable sensación de soledad y tristeza. Julián se alegró de vivir lejos de allí y se ensimismó unos segundos lamentando no estar en su apartamento. Pensó en el color de los geranios de su balcón y extrañó brevemente a Lucía. Extrajo del bolsillo la cajetilla de tabaco y volvió a fumar.

Mientras aguardaba, se convenció a sí mismo de que había algo conmovedor en la imagen de un fumador solitario paseando de noche frente a la puerta de un hospital. Resultaba imposible no tratar de imaginar su historia. Debía de llevar ya un rato allí dentro porque había necesitado salir. Por la misma razón, no esperaba marcharse pronto. La vida real parece un lugar remoto desde un sitio así a las siete menos cuarto de la mañana. Algunas noches sólo existe esa puerta y el humo del cigarro desvaneciéndose en la oscuridad. A Julián, en el fondo, no le disgustaba la escena. Agradecía aquel vacío. A veces, por alguna razón, hallaba cierto consuelo en sentirse desdichado.

El bar abrió a las siete y diez, al despuntar el día. Tras los tejados, en una esquina del cielo, se adivinaba una claridad limpia y perfecta. La clase de claridad intachable de las primeras mañanas de agosto. Julián conversó distraído con el dueño mientras este levantaba la reja y colocaba en la calle algunas mesas y sillas de plástico verde. Horas más tarde, aburrido en la habitación de Lucía, recordaría algunas de las vaguedades que salpicaron la conversación y cómo el sol naranja del amanecer se reflejaba en las viejas gafas del dueño, impidiendo que se le viesen los ojos. Pidió un cortado, introdujo algunas monedas en el teléfono y realizó una llamada:

—Santi, soy yo. Disculpa por la hora, supuse que ya estarías despierto.

La conversación duró un par de cafés. Julián comentó lo bien que había pasado la noche Lucía y agradeció que le hubiesen dado el alta la tarde anterior a su compañera de habitación.

—Eso es fantástico —comentó Santiago—. Con un poco de suerte ya se queda sola hasta el lunes.

Santiago todavía no había podido visitar a su cuñada y sospechaba que Julián maquillaba su estado de salud para no preocuparlo en exceso. No era cierto. Hacia el final de la conversación, y con sorprendente precisión técnica, los dos hermanos charlaron sobre las pruebas médicas que le habían realizado a Lucía. Julián, motivado por su habitual aprensión, describía el procedimiento de cada una de ellas con particular exactitud. Ninguno de los dos sabía con qué finalidad concreta se realizaban ni sería capaz de interpretar los resultados; no obstante, fingían lo contrario. Les agradó comprobar que ambos habían escogido el pronóstico más optimista.

Desde el bar, Julián observó cómo la calle de atrás se iba despertando. Algunas ventanas abiertas, un par de peatones con el periódico bajo el brazo, las primeras furgonetas de reparto. Asombrosamente, la vida parecía seguir adelante a pesar de sus circunstancias y de las circunstancias de Lucía. Se levantó de su mesa, preguntó al dueño si el bar abría al día siguiente, pagó los cafés y se marchó despidiéndose con la barbilla.

 El hospital parecía otro. Sus pasillos, un rato antes desangelados e infinitos, comenzaban ahora a hervir de gente frente a los ascensores, las salas de espera y las ventanillas de información. Exactamente del mismo modo que había sucedido la mañana anterior. Julián observaba el proceso desde la puerta principal apurando un último cigarrillo. Tenía la impresión de que aquellos desconocidos, con sus prisas y sus charlas y su cotidianidad, estaban profanando un lugar que le pertenecía. Que era suyo con más motivo que de cualquier otro. Era gente que llegaba por la mañana y desaparecía por la noche mientras él permanecía allí. Despierto. Con todo el peso de las horas presionándole sobre la nuca, justo en la base del cuello. Personas que se marchaban y volvían. Una y otra vez. Día tras día. Como los turnos de una fábrica. Julián sintió que formaba parte de un ciclo mecánico y deshumanizado. Cercano a lo grotesco. Respiró hondo, aplastó la colilla con la punta del zapato y subió a la habitación.

 A esas horas, poco antes de que se sirviese el desayuno y la mañana estallase en un enjambre de batas y uniformes de diferentes colores, en la séptima planta todavía se respiraba una serenidad particular. La luz se deslizaba por el corredor e inundaba el rellano a través de los ventanales. El silencio era blanco y cálido, opuesto al de la noche, y comenzaba a quebrarse con los primeros sonidos del día: el tintineo de alguna cucharilla, unas sandalias cruzando el pasillo, el agua tamborileando sobre un plato de ducha. Quizá por contraste con el alboroto del vestíbulo, Julián decidió que había algo agradable en todo ello. Algo casi hogareño. Por unos instantes, incluso era sencillo olvidarse de que se trataba de un hospital.

Cuando Lucía salió del cuarto de baño se sorprendió al encontrarse a Julián leyendo en la butaca.

—Creía que te habías marchado —le dijo dándole un beso.

—Sólo he bajado a fumar un cigarro y a tomar un café —contestó Julián sin apartar la mirada del libro—. Sabes que nunca me iría sin avisarte.

Lucía notó en la voz de Julián cierto tono de desagrado.

—He pensado que tal vez tenías algún recado que hacer y que regresarías en un rato. ¿Te encuentras bien?

—Perfectamente... —Julián apretó la yema del dedo índice contra la palabra que estaba leyendo y levantó la vista hacia Lucía—. Pero sigo sin entender por qué no dan altas los sábados. Me desespera que tengamos que estar aquí encerrados hasta el lunes. El médico dijo ayer que los resultados de las pruebas estaban bien. No entiendo por qué no nos vamos.

Lucía reconoció enseguida al Julián miedoso de siempre. El Julián asustado e inseguro que a veces desaparecía en público pero acostumbraba a regresar en la intimidad, normalmente oculto tras un falso carácter arisco con el que creía disimular su fragilidad. Su reacción no le extrañó. Era la primera vez que charlaban a solas en la habitación y comprendió que necesitaba aparentar cierta indignación y fortaleza. Como si, en el fondo, de alguna manera enredada, estuviese intentando tranquilizarla a ella. Ambos sabían desde un principio que no se irían a casa hasta el lunes. Había quedado claro dos noches antes, cuando decidieron ingresar a Lucía para realizarle más pruebas. A pesar de todo, ella le sonrió, le acarició la mejilla y le dio otro beso. Privadamente, agradeció aquella pequeña rabieta.

Los nervios de Julián, en cualquier caso, no eran repentinos. Llevaba ansioso desde el jueves por la mañana, cuando Fernando, su vecino, lo llamó al trabajo para decirle que un coche se había llevado por delante a Lucía delante de su casa. Nada más pronunciar aquellas palabras, Fernando se dio cuenta de que tal vez había formas menos alarmantes de dar la noticia, pero en la confusión del momento, aquello fue lo primero que se le ocurrió.

Ella había salido del garaje con su ciclomotor rojo a las diez menos veinte, de camino a la academia en la que trabajaba a media jornada. Se colocó el casco, se aseguró de que no se aproximaba ningún coche y se incorporó con cuidado a la calzada. A la altura del semáforo se detuvo y saludó alegremente con la mano a Fernando, que venía de comprar el pan. Este cruzó el paso de peatones delante de ella y le devolvió el saludo, indicándole con un gesto inequívoco que la llamaría por teléfono más tarde. Lucía sonrió, el semáforo se puso en verde, Fernando se despidió lanzándole un beso desde la acera, ella le correspondió, reemprendió la marcha y una camioneta descontrolada la arrolló desplazándola junto a su moto varios metros sobre el pavimento.

Aquella mañana de jueves, Fernando había telefoneado a Julián desde el servicio de urgencias del hospital. En ningún momento se había separado de Lucía. Acudió en su auxilio después del golpe, le pidió al camarero de la cafetería de enfrente que avisase a una ambulancia, impuso algo de cordura cuando otro peatón, tratando de ayudar, quiso retirarle el casco, y evitó a voces y empujones que el conductor de la camioneta, histérico, la subiese en la parte de atrás para llevarla él mismo al hospital.

Cuando Julián irrumpió en el cubículo donde Lucía estaba siendo atendida, Fernando, que hasta ese momento había mantenido la entereza, se derrumbó. Como si hubiese llegado su relevo. Como si hubiese sido liberado al fin de la obligación de conservar la calma y otro fuese a ocupar su difícil puesto. En los ojos de Julián, sin embargo, sólo había temor y desconcierto. Ni rastro de aplomo. Una enfermera algo antipática, pero lo bastante experimentada como para prever un escenario de pánico, reivindicó la necesidad de espacio en el compartimento y obligó a ambos a salir, corriendo la cortina tras ellos con severidad. Secándose las lágrimas y entendiendo que no era el momento de perder los nervios, Fernando pasó el brazo por encima de los hombros de Julián y se lo llevó a la sala de espera de urgencias.

—Perdió brevemente el conocimiento y me asusté mucho —gimió Fernando sentado en cuclillas frente a Julián, que se había desmoronado sobre una de las sillas del fondo—. Cuando llegó la ambulancia ya estaba despierta, pero muy mareada. Repetía que le dolía mucho el cuello.

Fernando describió el viaje en la ambulancia, destacó la pericia del personal sanitario, reprodujo su valoración inicial e insistió en las buenas sensaciones de los médicos, quienes, a la espera de los resultados de las pruebas, hablaban de una probable conmoción leve y algunas contusiones.

Julián observaba la puerta de la sala de espera a través de Fernando, como si no estuviese allí. Tenía la mirada perdida en aquella misma mañana, en el desayuno con Lucía, en el beso que le había dado antes de marcharse a trabajar a las ocho y media y en el vestido que ella llevaba. Era incapaz de recordar lo último que le había dicho justo antes de salir de casa y no podía dejar de pensar en que aquellas palabras, fuesen cuales fuesen, podrían haber sido las últimas que le hubiese dirigido en su vida. Era una posibilidad dolorosamente sencilla. En algún rincón de la realidad se escuchaba la voz de Fernando, que continuaba hablando de análisis y de radiografías, pero Julián sólo podía ver a Lucía sentada junto al balcón, leyendo el periódico y sonriendo mientras él se marchaba. Estaba preciosa con aquel vestido.

—Necesito fumar. —Julián volvió en sí de repente.

—Por supuesto —dijo Fernando extrayendo un paquete de tabaco de uno de los bolsillos de su pantalón y ofreciéndole un cigarrillo.

—Aquí no. Hace mucho calor. Vayamos fuera.

Y salieron.

Aquella misma tarde, poco antes de anochecer, ingresaron a Lucía. Las pruebas habían revelado la ausencia de hemorragias o fracturas, pero los médicos habían decidido mantenerla setenta y dos horas en observación y realizar alguna otra exploración complementaria. Profundamente dormida, vencida por el cansancio y la incertidumbre, la condujeron sobre una cama hasta la séptima planta y la ubicaron en una habitación indeterminada al fondo de un pasillo. En la cama de al lado, una mujer extraña hojeaba una antigua revista y escudriñaba a su nueva compañera con cierto aire de superioridad. Julián la observó desde la puerta con disimulo, evitando cruzar con ella la mirada. Arrastró con cuidado la butaca hasta el borde de la cama, se sentó junto a Lucía y fue consciente, por primera vez, de que esa noche no se irían a casa.

DOS

El viernes había sido un día de transición. Poco a poco, las horas se fueron llenando de caras conocidas, de comentarios de estupor y preocupación, de algún mareo pasajero, de síntomas de cansancio y de calmantes. Hacia el final de la tarde, por fin, Lucía y Julián se quedaron solos en la habitación, pero ella cayó rendida. Mientras dormía, él la observaba con detenimiento. Casi con obstinación. Como si quisiese memorizar hasta la última línea de su rostro. Por más que lo intentaba, no entendía qué clase de azar injusto era aquel que consentía el sufrimiento de alguien como ella. Qué torcida geometría había detrás de un trance semejante, que colocaba a Lucía en aquel lugar en ese preciso momento, arrastrándola por el asfalto, golpeándola contra el hormigón, dejándola inconsciente en el medio de la calle. Si había alguien que no mereciese correr esa suerte, pensó Julián, era Lucía.

A una persona como ella, a la que jamás se le podía reprochar un mal gesto, ni siquiera la menor expresión de ingratitud, sólo deberían ocurrirle cosas buenas. Qué orden defectuoso era aquel que permitía lo contrario, se decía a sí mismo Julián mientras la observaba y agradecía, a pesar de todo, que el desenlace no hubiese sido otro. Se podía adivinar en sus ojos una extraña combinación de compasión y de alivio.

Esa noche Julián no logró conciliar el sueño. Sólo pensaba en ese bar de la calle de atrás, al que se había referido algunas horas antes una enfermera, y en cuánto faltaba para que abriese, alrededor de las seis y media. Pensaba en tomarse un café. Y en charlar un rato sobre cualquier cosa con el camarero. Y en bajar a la calle a respirar aire fresco, pasear y fumar. Su vida, en ese momento lejana, paralela, intangible, necesitaba recuperar al menos un trocito de normalidad. Por ajena y desconocida que esta fuese.

Dedicó buena parte de esa madrugada a pasear por el hospital y sus laberintos. Durante la noche se instalaba en aquellos pasillos un silencio incómodo que parecía deambular clandestinamente al lado de quienes los recorrían en la oscuridad. Era como si, en cualquier momento, uno fuese a notar sobresaltado cómo algo se movía a sus espaldas. Julián sintió el frío del pasamanos en la escalera y el de los asientos de plástico en los rellanos y el de los azulejos que recubrían las columnas y tuvo la impresión de que todo en aquel lugar era estático, inorgánico e igual. Mientras observaba un largo e inhóspito corredor que prefirió no cruzar, recordó una frase que su madre solía repetir cuando, siendo él un crío, tenían que visitar a algún pariente: «No se me ocurre un lugar peor para estar enfermo que un hospital». Suspiró con desgana e, inconscientemente, sonrió.

Entre tinieblas llegó a la galería que desembocaba en el servicio de urgencias y allí, en el medio de la noche, se sentó junto a otros familiares que se perdían como él entre los giros infinitos de las manecillas del reloj. Y sintió por primera vez la espesura de las horas, que se acumulaban unas sobre otras como un peso muerto que en aquel lugar, en mayor o menor medida, todos arrastraban tras de sí. Y advirtió la soledad en sus miradas. Esa inconfundible soledad. La tristeza de quien no se siente perdido ni aislado, sino solo. Tan solo como lo están todos los que se hallan a su alrededor, sentados sin noticias en una silla absurda. Pensando que a veces no tener a nadie consiste, precisamente, en estar rodeado de gente.

Julián permaneció allí un rato, regresó a la habitación para comprobar que Lucía seguía durmiendo y bajó por fin al bar. Faltaban veinte minutos para las siete de la mañana del sábado.

TRES

Nada diferenció al sábado del domingo salvo el menú de mediodía, que los domingos, en los hospitales, hace las veces de premio de consolación. Las mañanas se cargaban de una monotonía suave y serena, hecha de silencio y de reposo y de cortinas mecidas por la brisa, y las tardes de un amable desorden de amigos y familiares que, en tropel, iban reclamando la atención de Lucía para mostrarle su afecto y su pesar. Julián, extenuado, aprovechó la tarde del domingo para ir a casa un momento a descansar.

Lo primero que hizo al embocar su calle con el coche fue observar a lo lejos los geranios de su balcón, cuyas flores destacaban por sus vivos colores, de tonos anaranjados y blancos. Aquella imagen lo aquietó. De algún modo, fue como contemplar tierra firme.

Durmió un par de horas, se duchó, se vistió con algo de ropa cómoda y bajó al piso de Fernando, que le había dejado una nota por debajo de la puerta, acaso al escuchar el agua de la ducha en el piso de arriba. Este le indicó en qué taller estaban reparando el ciclomotor, le habló del acta policial, le explicó algunos detalles del seguro de la furgoneta, criticó la reacción de varios vecinos del barrio en el momento del accidente y lamentó en diferentes ocasiones el terrible disgusto que se había llevado. Era la actitud satisfecha de quien se había encargado de todo. Julián, sin embargo, no le prestó demasiada atención. Opinó que ya habría tiempo para todo aquello: «Si no te importa, Fer, me gustaría volver cuanto antes con Lucía».

A Fernando sí le importó. Le importó mucho. Llevaba desde el jueves esperando algún tipo de reconocimiento, por sutil que fuese. Esperando para sentirse un poquito héroe. Para aparentar que no veía nada meritorio en lo que había hecho y contestar que lo volvería a hacer sin pensárselo dos veces. Para exclamar que los amigos están para eso. Quería restarle importancia al asunto y mostrarse sorprendido al recibir la gratitud de Julián. Quería aceptarla a regañadientes y considerarla innecesaria. Quería una palmada en la espalda, pero sobre todo quería fingir que no se la esperaba. No era una cuestión de vanidad ni de orgullo. Sencillamente, le parecía lo más justo.

—Claro que no me importa, no seas bobo. —Disimuló—. Ya tendremos tiempo para hablar de todas estas cosas cuando regreséis a casa, despreocúpate.

Y Julián, apenas sin despedirse, se marchó.

Fernando salió al rellano y observó cómo su vecino se alejaba presuroso escaleras abajo. Durante unos segundos permaneció allí inmóvil, junto a la puerta, reflexionando sobre lo diferente que era a veces Julián de Lucía.

Ella habría querido escucharle con detenimiento. Habría comprendido que, sin su intervención, las cosas habrían sido muy distintas. Fuese o no el momento para hablar de todo aquello, como había mencionado Julián, Lucía jamás habría dejado pasar la oportunidad de darle las gracias. Aunque solamente dispusiese de unos segundos para un abrazo y un beso.

Fernando sabía que no podía reprocharle nada a Julián. Eran momentos complicados. Pero allí de pie, frente al hueco de la escalera, no pudo evitar pensar en todos esos pequeños detalles que hacían a Julián tan distinto de Lucía. Y por un instante, antes de regresar al interior de su piso y olvidarse de lo sucedido, sospechó que tal vez eran esas diferencias, y no otra cosa, lo que en realidad los había unido tanto desde siempre.

CUATRO

Ambos tenían catorce años cuando Julián vio a Lucía por primera vez. Aquella mañana se había despertado nervioso y preocupado. Llevaba algún tiempo temiendo la llegada de ese día. Comenzaba su tercer año de bachillerato en un nuevo instituto y, como le solía ocurrir, se sentía amenazado por los cambios. Durante las semanas anteriores había escuchado que se trataba de un centro mucho más frío, más automatizado, más insensible con las circunstancias individuales de cada alumno. No estaba seguro de si se integraría. De si sabría adaptarse. Finalmente, ninguno de sus temores resultó ser cierto y el curso se desarrolló con normalidad, pero Julián necesitaba creer en la probabilidad de lo fatídico. En la consistencia y verosimilitud de sus prejuicios. Le proporcionaban algo a lo que agarrarse cuando su pequeño y delicado mundo tropezaba y estaba a punto de perder el equilibrio. Como si haber previsto la adversidad la hiciese menos desafortunada. Hallaba cierto alivio en aquella actitud agorera y fatalista. Las caídas dolían menos cuando ya habías asumido que te caerías.

Se levantó de la cama apresurado, queriendo vislumbrar cierta ventaja en la velocidad, en la ganancia estéril de algunos minutos más. Se aseó, se acicaló, se vistió, repasó su aspecto ante el espejo de la entrada de casa, cogió en la habitación su cartera, preparada con minuciosidad la noche anterior, repasó de nuevo su aspecto ante el espejo de la entrada de casa, acudió al cuarto de baño para retocarse la raya del cabello y volvió otra vez a la entrada, donde se sentó en una de las sillas, esperando a que llegase el momento de partir hacia el instituto. Faltaba aproximadamente una hora y media. Su hermano, tres años mayor que él y con quien a partir de ese día y durante el resto del curso compartiría trayecto todas las mañanas, se despertó un cuarto de hora después. De camino a la cocina lo vio allí sentado, con la cartera sobre las piernas, repiqueteando intranquilo con los dedos en la hebilla, y no pudo evitar sonreírse. «El instituto no se va a mover de donde está», comentó divertido. Julián despreció con un gesto la observación de su hermano y siguió esperando.

Cuando por fin salieron a la calle, los dos muchachos se unieron a varias pandillas de estudiantes que remontaban la cuesta que conducía al instituto desde la plaza. Una vez alcanzado el final de la pendiente, los adolescentes se dividían en dos grupos. Los chicos continuaban su camino por una travesía peatonal que cruzaba unos jardines a modo de alameda y las chicas se alejaban por una ronda que conducía al instituto femenino. Julián, olvidado ya por su hermano, se detuvo en el paso de cebra anterior al desvío y permaneció unos minutos observando con asombro aquel engranaje humano meticulosamente sincronizado. Era como contemplar un banco de peces. Tal vez el primero fuese prestando atención a la ruta, pero todos los demás individuos se limitaban a seguir al que tuviesen delante de un modo ciego y automático.

Todos salvo Lucía. Ella y un par de amigas habían avanzado por error durante unos metros por la travesía de los chicos y ahora deshacían el camino deteniéndose en el paso de cebra frente a Julián. Y allí estaba. Por fin. Como si tuviese que suceder. Como si no pudiese ser de otra manera. Preciosa. Deslumbrante. Perfecta. Sonriendo dulcemente mientras sus dos compañeras comentaban entre risas la equivocación. Llevaba una diadema en el pelo, un vestido amarillo y unos zapatos negros. O tal vez no. Eso era lo de menos. Julián tuvo la sensación de que era lo más bonito que había visto en toda su vida.

Su reacción no fue inesperada. Se quedó paralizado y la vio marchar. E hizo lo mismo todas las semanas durante los tres meses siguientes. Hacía por coincidir con ella cada mañana. A veces incluso se atrevía a caminar a su lado durante unos segundos, muerto de nervios y de miedo y de vergüenza. Por las noches elucubraba acerca de la posibilidad de que ella también se hubiese fijado en él. De que tampoco ella se atreviese a hablarle. Creía ver detalles que lo confirmaban. Le parecía que los dos forzaban sus encuentros fortuitos en la calle, de camino a clase. Incluso algunos días se ocultaba entre los demás estudiantes para comprobar si ella, sutilmente, lo buscaba. Que todos los días llegase a la plaza por el mismo sitio y a la misma hora con sus dos amigas no podía ser una coincidencia. Él tenía que ser el motivo. Sin embargo, lo disimulaba tan bien, había tanta distancia entre sus vidas, que tal vez todo fuese un espejismo. A decir verdad, ni siquiera habían cruzado nunca sus miradas. Aunque eso podría formar parte de su estrategia para fingir que no le importaba. Julián se preguntaba qué sucedería si él no apareciese una mañana. Si ella acudiría al día siguiente para preguntarle cómo estaba. Si al menos la notaría un poco más inquieta. En más de una ocasión se vio tentado a quedarse en casa agazapado en un rincón, fuera del alcance del destino, obligando al azar a echarse a un lado. Creía que podría despistar a su propia indecisión. Que sería capaz de manipular su suerte. Durante tres meses mantuvo toda una batalla psicológica contra la fortuna y el porvenir.

Lucía no se fijaría por primera vez en Julián hasta enero, poco después de Navidad. Él había dedicado las vacaciones a reunir todo el valor posible para dirigirse a ella, para detenerla en el paso de cebra y decirle que era suficiente, que entendía lo que estaba pasando, que no tenía que fingir más, pero cuando llegó el primer día de instituto salió de casa, llegó a la plaza y todo aquel valor que había logrado amontonar se desparramó incontenible por el suelo en cuanto la vio aparecer al fondo de la calle, charlando con sus dos amigas. Ni siquiera tuvo la valentía suficiente como para acercarse a ella. Simplemente se quedó observándola a lo lejos. Bloqueado. Enmudecido. Como la primera vez que la vio.

—¿Qué miras, atontado?

Uno de los alumnos de bachillerato superior interpeló a Julián y lo empujó desde atrás.

—Llevas una hora pasmado junto al semáforo. ¿Qué estás mirando?

Julián agachó la cabeza y comenzó a caminar hacia la salida de la plaza, en dirección al instituto.

—Estoy hablando contigo, bobo.

En una situación así, donde uno es la presa y otro pretende ser el cazador, las opciones nunca son demasiadas, pero de entre todas ellas, girarse y responder es quizá la peor. Julián sujetó su cartera con los dos brazos y aceleró el paso. Una estrategia, la de la huida, que tampoco le sirvió de mucho.

A los pocos segundos estaba envuelto en una pelea absurda y rodeado por un corro de estudiantes que contemplaban indiferentes cómo aquel matón de pacotilla le hacía morder el polvo en plena calle. De no haber sido por su hermano Santiago, que surgió de la nada para plantar cara a quien resultó ser un compañero suyo, habría terminado con el torso magullado y un ojo morado. Por desgracia, aquella clase de humillaciones públicas no le resultaban ajenas. Siempre había sido el chico raro y débil con el que todo el mundo se metía.

—Tu cartera, Julián.

Era la voz de Lucía. Había recogido su cartera, pisoteada y chafada por la multitud durante la refriega, y se la estaba entregando para que no la perdiera. Se estaba preocupando por él. Le estaba hablando. Estaba siendo amable. Y sabía cómo se llamaba. Varias horas más tarde, echado sobre su cama, Julián se preguntaría por qué no reaccionó. Si no habría sido más inteligente haber hecho frente a aquel fanfarrón en cuanto lo llamó «atontado» y haber evitado que lo patease y lo avergonzase delante de los demás estudiantes. Pero al mismo tiempo comprendería que, de haber sido así, no habría conocido a Lucía aquel día.

—Es tu cartera, ¿no?

—Sí, perdona, es mi cartera. Todavía estoy un poco aturdido.

—Tranquilo, es normal.

—Y un poco abochornado.

—Lo entiendo.

—Imagino que el otro ha salido huyendo.

Lucía se rio.

—Ha escapado por los pelos, sí. Pero creo que no se vengará.

—Menos mal. Entonces me he librado.

—Me llamo Lucía. Conozco a tu hermano. Te he visto alguna vez con él por las mañanas.

—Sí, lo acompaño al instituto a diario para que no le suceda nada.

Lucía volvió a reír, esta vez con sinceridad.

—Bueno, me tengo que ir a clase. Ya nos vemos por ahí.

—Seguro que coincidimos. Muchas gracias por la cartera, Lucía.

—Hasta la próxima, Julián.

Ocho meses después, Lucía y Julián estaban juntos. O, por lo menos, todo lo juntos que se puede estar a los quince años, cuando la vida es ingrávida y accidental y ser pareja apenas tiene algo que ver con ser dos.

Sin embargo, poco a poco fueron creciendo, se fueron haciendo adultos, y ambos tomaron conciencia de sí mismos como dos mitades de un mismo conjunto. Y soñaron que cada uno formaba parte del otro. Y sospecharon que aquello que tenían, aquella fuerza magnética que los unía irremediablemente como si el universo entero dependiese de ello, era de verdad. Y llegó el momento en el que tanto el uno como el otro presintieron que duraría para siempre.

Estuvieron juntos durante los tres años restantes de instituto y estuvieron juntos durante la universidad. Estuvieron juntos durante los diferentes traslados de Julián a otras ciudades por motivos de trabajo y estuvieron juntos cuando, a pesar de la distancia, mantuvieron intacta la ilusión y la pasión y sus planes de futuro. Estuvieron juntos cuando falleció Rosario, la madre de Lucía, poco después de que ella cumpliese los veintiséis años. Y juntos seguían cuando, dos años más tarde, se mudaron a un piso y decidieron aprovechar los últimos minutos de la mañana de su primer domingo para ir a comprar unos geranios blancos y anaranjados para su balcón. Exactamente cuatro años después, una mañana de jueves, Julián recibiría la llamada con la noticia de que Lucía había sido trasladada al hospital después de ser arrollada por una furgoneta frente a su casa.

CINCO

El lunes amaneció con oscuridad. Era una de esas mañanas nubosas de verano, de ambiente húmedo, aire caliente y olor a tormenta.

—Al final va a llover.

A Julián le deprimía que el clima se torciese en los días felices. Lo interpretaba como una especie de traición.

—Julián, por favor, no empieces —le reprochó Lucía—. Ayúdame a guardar todo en la bolsa por si acaso.

Ese «por si acaso» molestó a Julián, aunque no dijo nada. «Por si acaso qué», se escuchó murmurar a sí mismo mientras introducía el cepillo y la pasta de dientes en el neceser. Guardar las cosas «por si acaso» se marchaban a casa dejaba un margen demasiado grande para la posibilidad contraria. Debería ser al revés. Deberían guardarlo todo precisamente porque se iban, no «por si acaso» lo hacían. Como mucho, pensó Julián, podrían dejar para el último momento las zapatillas o el camisón «por si acaso» había alguna posibilidad de que al final no se marchasen. «Por si acaso», contra todo pronóstico, Lucía se quedaba ingresada. Pero nunca al revés.

Un miembro del personal de cocina entró en ese instante en la habitación, como cada mañana, para comunicarle a Lucía en qué consistía el menú de mediodía y anotar si existía algún problema con alguno de los alimentos mencionados. Julián apenas le permitió comenzar.

—No es necesario, gracias —le interrumpió invitándole a salir de la habitación—. Nos dan hoy el alta.

A Lucía le desagradaban aquella clase de comportamientos. Le preocupaba que Julián ni siquiera contemplase otra alternativa. Que creyese que, a fuerza de repetirse que se marcharían a casa esa misma mañana, terminaría sucediendo. Como si, de alguna manera, de acuerdo con alguna suerte de lógica infantil, pudiese poner al destino de su parte y su insistencia lo legitimase para sentirse engañado en caso de no cumplirse su deseo. En cuanto volvieron a estar solos, Lucía le afeó seriamente el gesto.

Las siguientes dos horas transcurrieron especialmente despacio para Julián. Lucía estaba acostada sobre la cama con los ojos cerrados, dándole vueltas al momento del accidente. Ella siempre había sido una mujer optimista. Toda su vida había elegido no sentirse abatida ante la adversidad ni otorgarle demasiada importancia a acontecimientos fortuitos. Desde hacía seis años, sin embargo, coincidiendo con la muerte de su madre, había comenzado a ver en esta clase de cosas una especie de indicio. Lo último que recordaba del jueves por la mañana era el desayuno con Julián. De su memoria habían desaparecido la moto, Fernando, la furgoneta, la ambulancia y las primeras horas en urgencias. Notaba cómo un vacío sordo y nervioso ocupaba a la fuerza su lugar, resistiéndose a ceder espacio a la realidad. Inmediatamente después todo eran médicos y máquinas y ruido. Recordaba estar rodeada de un intensísimo ruido.

Mientras tanto, Julián volvía una y otra vez sobre los cuatro pasos que había entre la butaca y la ventana. Sentía cómo los minutos se le atravesaban en la garganta cada vez que tragaba y le devolvían un sabor metálico, similar al de los malos augurios. El médico llamó a la puerta cuando faltaban unos minutos para las doce.

—Buenos días, Lucía.

Los dos, paciente y acompañante, le devolvieron a un tiempo el saludo.

—¿Cómo te encuentras hoy?

—Estoy bastante mejor, doctor, gracias —respondió Lucía un tanto nerviosa—. Casi no he sentido dolor durante el fin de semana y además me han ido retirando poco a poco los calmantes.

—Sí, ya lo he visto. Es lo que estaba pautado. Todavía tienes algunas magulladuras en un costado, en los brazos y en una pierna. Eso es normal, pero parece que ha desaparecido el mareo propio de la conmoción y que ya no tienes molestias cervicales, lo que es buena señal.

Mientras hablaba, el médico pasaba frente a los ojos de Lucía una pequeña linterna encendida.

—¿Has sentido náuseas, algún zumbido, pérdida de equilibrio?

—No, desde el jueves, no.

—Las pruebas no reflejan daños estructurales y no parece que haya lesión alguna. De todas formas, Lucía, en los resultados que hemos recibido esta mañana hay algo que me ha llamado un poco la atención.

El médico se retiró unos pasos hacia atrás y guardó la linterna en el bolsillo de la bata. Lucía permanecía en silencio.

—Seguramente no es nada —continuó—, pero prefiero que te quedes ingresada unos días más para hacerte otras pruebas y determinar con precisión de qué se trata. ¿Comprendes lo que digo?

—Lo comprendo, doctor.

Levemente alterado, Julián se aproximó al médico e interrumpió en ese instante la conversación.

—Pero ¿qué es lo que les ha llamado la atención exactamente? ¿Qué clase de sospechas tienen?

—No creo que este sea el momento de realizar conjeturas —respondió el médico dirigiéndole una mirada de desaprobación—. Por lo pronto no hay motivos para preocuparse y eso es lo verdaderamente importante, pero si tiene usted alguna duda, estaré en mi despacho.

Julián retrocedió dos o tres pasos. Internamente, consideró aquella respuesta una contradicción.

—Hasta mañana, Lucía. —El médico le sujetó la mano, apretó los labios y asintió.

—Hasta mañana.

En voz muy baja, Julián también se despidió.

SEIS

Recostada sobre la cama, Lucía observaba las estelas de los aviones a través del cristal. Una ligerísima cortina blanca flotaba suavemente junto a ella, llena de un viento mudo e inquieto que se filtraba por el resquicio de la ventana. Pensó que tal vez fuese miércoles. Era la hora de la siesta y la séptima planta descansaba a media luz. Por primera vez, nadie había ido a visitarla en todo el día y Julián llevaba desde primera hora de la mañana en la oficina. La cama de al lado continuaba desocupada. Lucía quiso ignorar la sensación de que en ese instante —y sólo en ese preciso instante— no se estaba tan mal en el hospital. No fue capaz. Tampoco logró sentirse culpable.

Los aviones rasgaban el azul del cielo una y otra vez dejando a su paso densas cicatrices de humo blanco. Apenas un par de nubes inquietaban la armonía casual de sus líneas.

La sombra de los edificios crecía sobre la llanura que se extendía más allá del hospital, último refugio de algunas miradas que se precipitaban aburridas desde las ventanas. Allí acostada, acaso divisando el infinito, Lucía recordó el cielo de su infancia y sintió una extraña nostalgia.

Recordó el cielo de Madrid en agosto y decidió que ya no era el mismo. Recordó los atardeceres violetas desde aquel desván, hace ya tantos años. Recordó las excursiones a la sierra y el sol frío de media mañana. Recordó el horizonte sobre la playa de Son Bou alejándose en el fondo del espejo retrovisor del coche de su padre. Y recordó el vacío inmenso de la noche, aquella noche abombada y hecha de secretos que gobernaban su imaginación mientras ella fantaseaba en el jardín de la casa de su abuela en alguna aldea recóndita de Galicia.

Lucía siguió con los ojos la trayectoria de uno de los aviones y, desde algún lugar lejano, a varios cientos de kilómetros de aquella habitación, se acordó de Galicia.

Allí había nacido su madre y allí habían pasado un verano cuando ella era niña y la abuela Carmen todavía vivía. La casa familiar se encontraba en uno de los muchos pueblecitos que parecían brotar al azar en las laderas de una larga hilera de montañas. Se trataba de una casa grande construida en piedra por el bisabuelo de Lucía a principios de siglo. En uno de sus laterales, colindando con el bosque, se extendía un pequeño huerto. En el otro asomaba un jardín dividido por un sendero que desembocaba en un viñedo. Toda la parte de atrás comprendía un coqueto patio cubierto. Lucía, que por aquel entonces tenía doce años, todavía podía visualizar cada rincón, cada escondrijo de la casa. Hacía mucho tiempo, sin embargo, que su memoria se había acostumbrado a ocultarle el nombre de aquella diminuta aldea y dónde se hallaba.

Rosario, su madre, se había mudado a Madrid muy joven, apenas recién alcanzada la mayoría de edad, y tan sólo volvieron de visita en aquella ocasión. La abuela Carmen falleció al año siguiente y nunca más se volvió a hablar de ella ni del pueblo. Lucía vigilaba el cielo desde la ventana de su habitación y lamentaba no haber pasado más veranos allí siendo niña, no haber insistido nunca en volver, no haber sentido la obligación de visitar aquel lugar por su cuenta desde que cumplió la mayoría de edad, pero, sobre todo, lamentaba no haberse permitido a sí misma regresar allí cuando, apenas unos meses después de fallecer Rosario, comprendió que emprender ese viaje se había convertido en algo más que una necesidad.

No era la primera vez que Lucía se acordaba inconscientemente del pueblo. De aquel verano intacto, atrapado para siempre en algún ángulo muerto de su infancia. Era un pensamiento que nunca se alejaba demasiado. De forma más o menos presente, la acompañaba en todo momento. Igual que una piedrecita en el fondo del zapato.

Otras veces, sin embargo, era ella quien acudía intencionadamente a ese recuerdo. Lo buscaba. De un modo elemental e instintivo, le proporcionaba cierta clase de paz. Como un pequeño retiro invisible en el que aislarse cuando el pesimismo arreciaba. Solía acordarse de aquellas mañanas transparentes y tranquilas. De las primeras líneas de luz que enhebraban las rendijas de las contraventanas de su habitación, agujereando la oscuridad. Del rumor de los riachuelos al otro lado del prado. De la narcótica quietud del pueblo en los días de niebla. Se acordaba mucho de aquella niebla espesa y triste que cubría el valle y se mezclaba en el aire con el eco de los cencerros y los balidos de los corderos.

Había algo irreal y antiguo en aquella niebla.

Se acordaba de los niños del pueblo. Se acordaba de Marina, del pequeño Josito, de las hermanas Raquel y Lourdes, de Gonzalo y de Antón. Se acordaba, sobre todo, de Antón. De su odiosa tozudez, su rudeza y sus aires de superioridad, pero también de su audacia, su ingenio y su descaro, que se volvía todavía más fascinante al sumarse a su carácter un marcado acento que, por algún motivo, lo hacía inesperadamente interesante. La pequeña Lucía no quería encapricharse de él, pero ya era inevitable.

SIETE

Lo que más me gusta hacer en el mundo? Salir de casa a última hora con mi padre para traer de vuelta juntos el ganado. —El pequeño Josito respondía a Raquel mientras miraba al suelo y removía unas piedrecitas con una vara en el borde del camino, como si se avergonzase de su propia confesión—. ¿Y a ti?

—A mí coleccionar cromos. Los compro todas las mañanas en el quiosco que hay en la avenida. —A diferencia de su hermana, Raquel necesitaba exhibir en todo momento su orgullosa pertenencia a la ciudad.

—Cromos... Aquí no tenemos cromos —lamentó Josito.

Antón estaba sentado unos metros más abajo, en un círculo que Lucía, Lourdes, Marina, Gonzalo y él habían formado junto a las bicicletas. Mientras enredaba con unas hierbas, escuchaba con disimulo la conversación que Josito y

Raquel mantenían a su espalda. No le gustaba la suficiencia con la que ella acostumbraba a dirigirse al resto, especialmente a Josito, ni la forma que tenía de levantar el mentón al hablar, apuntando siempre al horizonte, como si trazase una línea sobre la que sólo ella tenía derecho a situarse.

—La verdad es que los cromos te pegan bastante, Raquel —interrumpió de repente Antón sin levantar la vista de aquellas hierbas con las que jugueteaba, sonriendo de medio lado—. Es estupendo que a una señorita como tú no le importe ser vista haciendo siempre cosas de chicos.

Los demás muchachos, sorprendidos por el repentino comentario de Antón e ignorando de qué trataba el asunto, se callaron y clavaron sus ojos en Raquel. Al fin y al cabo, Antón y ella eran los mayores del grupo y aquella frase tenía aspecto de desafío. No todos los días se producía una emocionante contienda entre cabecillas.

Sintiéndose ofendida, Raquel se levantó del pequeño muro de piedra en el que estaba sentada con Josito y se colocó frente a Antón con los brazos en jarras. En sus labios, apretados y furiosos, parecía estar formándose algún tipo de tempestad; se avecinaba una de esas réplicas desproporcionadas, con aspecto de revancha instintiva, que pueden terminar arruinándole el final del verano a una pandilla. Lucía, que intuía que Antón sólo estaba buscando una buena excusa para enfrentarse a Raquel, se irguió de inmediato y se adelantó al desastre.

—Qué tontería, los cromos no son sólo cosa de chicos, Antón —dijo interponiéndose entre ambos—. A mí también me gustan los cromos. Todos ellos. No sólo los de películas o los de animales. También me gustan los de coches. Y los de deportes. Y los de soldados. Y si ahora mismo me acordase de todos los tipos de cromos que hay, también te diría que me gustan.

De pronto, un jaleo de opiniones sobre las diferentes categorías de cromos y sus correspondientes colecciones se armó espontáneamente entre los niños, que, sentados en el camino, olvidaron al instante la disputa.

Raquel soltó aire y, todavía herida en su orgullo, con un último destello de rabia en los ojos, se incorporó al corro entre Lourdes y Gonzalo. Josito corrió desde el muro e hizo lo propio, alterando visiblemente su trayectoria para evitar pasar cerca de Antón. Este, mientras tanto, permanecía callado, mirando fijamente a Lucía, que continuaba de pie frente a él.

—¿Y a ti qué es lo que más te gusta, Lucía? —preguntó Antón con socarronería.

—Me gusta mirar el cielo y ver el humo de los aviones.

Desde el suelo, al lado de Gonzalo, se escuchó la voz inocente de Marina, la prima de Josito:

—Mi madre dice que los aviones abren el cielo y por eso le vemos las tripas, que son de algodón.

—No —atajó Lucía sin apartarle la mirada a Antón—. Es sólo humo.

Ese mediodía Lucía acompañó a su abuela hasta la tienda, que en realidad era una caseta de madera construida en el camino que unía el pueblo con la iglesia y que hacía a un tiempo las veces de cantina y de almacén de comestibles. Sobre su puerta colgaba una lámina de metal en la que se podía leer «Bar Avelino». Casi todos los hombres de la aldea se reunían allí al término de la jornada para charlar y beber. Durante el día, por lo general, sólo la frecuentaban mujeres.

A Lucía le sorprendía la particular clase de intimidad que inspiraba cualquier conversación en aquel lugar. En la ciudad ella también vivía en un barrio en el que casi todos los vecinos se conocían. A veces únicamente de vista. Otras veces su relación se reducía a un sencillo y frío saludo. En ocasiones, a pesar de vivir en el mismo edificio, ni siquiera eso. En el pueblo, sin embargo, todo el mundo parecía formar parte de una misma familia. Su abuela entraba en la tienda y saludaba a la gente cariñosamente y por su nombre. Le preguntaba a una anciana cómo se encontraba su nuera, quien por lo visto, y gracias a unas gestiones que había podido realizar el cura, iba a ser examinada por un médico magnífico de la capital, ya que la pobre arrastraba una infección intestinal desde hacía varias semanas. Consolaba después a otra mujer a la que dos días antes se le había muerto su perro, un animal al que tenía mucho aprecio y que, como algunas horas más tarde le explicaría la abuela a la nieta, se llamaba Ney, igual que otros muchos perros en Galicia, porque ese era el nombre del mariscal de Napoleón a cuyas tropas habían hecho huir los gallegos. Carmen conocía los problemas sentimentales de unos. Estaba al tanto de los apuros económicos de otros. Casi nadie se guardaba nada para su ámbito privado. De todo lo que Lucía había descubierto con asombro en la aldea durante aquellas semanas —las vacas recién ordeñadas al amanecer, algunas palabrotas en gallego, las noches sin luz eléctrica alrededor de la lumbre—, puede que aquella familiaridad fuese lo que más le había llamado la atención.

Mientras Lucía enredaba entre las mesas, Antón entró en la tienda con su madre, una mujer joven pero de aspecto castigado, como un árbol seco, quizá por las muchas horas acompañando al ganado en los prados bajo el sol. Nada más verlo, Lucía corrió a buscar refugio entre las faldas de su abuela. Por lo que pudiera pasar. Estaba convencida de que Antón querría vengarse de ella. De que encontraría la forma de resarcirse por no haber podido consumar su ofensiva contra Raquel aquella misma mañana. Y aunque era cierto que Antón estaba deseando meterse con ella, importunarla, incordiarla hasta que perdiese los nervios, sus motivos no tenían nada que ver con la revancha. No lo movía ninguna suerte de ánimo vengativo. Quería molestarla, sencillamente, porque a esas alturas del verano ya estaba profundamente enamorado de ella. Y a sus trece años recién cumplidos, aquel muchacho valentón y un tanto engreído no conocía otra manera de hacérselo saber.

Antón se escabulló en la trastienda al percatarse de la prevención de Lucía y regresó al cabo de un rato con un objeto voluminoso tras su espalda. Se acercó a Lucía, que se había separado momentáneamente de su abuela, y le preguntó si se hacía alguna idea de lo que escondía detrás. Al comprobar que la niña no tenía intención alguna de contestar, y sabiendo que no dominaba el idioma local, Antón dulcificó el tono y le explicó que no había nada de lo que preocuparse, que tan sólo se trataba de «una preciosa *cachucha*». Lucía, que no las tenía todas consigo, pero en el fondo quería dejarse llevar, bajó la guardia por un instante y dio unos pasos hacia adelante para ver en qué consistía aquello que traía Antón. Inmediatamente, este le puso delante de la cara la enorme cabeza en salazón de uno de los cerdos de la última matanza.

Despavorida, Lucía huyó hacia la puerta mientras la mayoría de las señoras en la tienda se reían con la ocurrencia del muchacho. Algunas compadecían a «la pobre niña». Otras censuraban el comportamiento de Antón. *Cousas de rapaces*, resolvió la abuela de Lucía dirigiéndose a la madre de Antón con una sonrisa, y salió en busca de la niña para regresar juntas a casa.

Por el camino, Carmen le explicaría a su nieta que nunca hay que fiarse de las apariencias ni tampoco comportarse de una forma tan ingenua. «Y mucho menos cuando se trata del chico que te gusta, ¿no te parece?», añadió. Lucía arrugó la frente y contestó que estaba equivocada. Que Antón no le gustaba. Que incluso lo odiaba con todas sus fuerzas.

—Pues es lo que he dicho —rio su abuela mientras acariciaba con cariño el pelo de su nieta.

Lucía recordaría aquellas palabras de la señora Carmen a lo largo de varios meses. Tal vez fuese cierto que no era odio lo que sentía por Antón, sino todo lo contrario. Años después olvidaría por completo esa conversación. Como casi todas las que mantuvo durante aquel verano con su abuela.

OCHO

Aquella tarde hizo mucho calor. Sobre el pueblo se había detenido un aire muerto y manoseado que se adhería a la piel. En las montañas de enfrente se adivinaba una mancha injusta que algunas horas más tarde, convertida en columna de humo, confirmaría el incendio.

La pequeña Lucía nunca había visto arder el bosque y, sin saber muy bien por qué, tuvo el presentimiento de que no lo volvería a ver jamás. Apoyada en la balaustrada del balcón, observaba hipnotizada las crestas ondulantes de las llamas, que parecían diminutas luces danzarinas desde el otro lado del valle. Decidió que era una imagen trágica pero extrañamente bella.

Antón y su bicicleta aparecieron al final del camino que conducía a la parte frontal de la casa. Lucía notó cómo un pequeño escalofrío, suave como un latigazo, recorría de repente el centro de su indiferencia. No tuvo más remedio que fingir que no se había dado cuenta de su llegada.

Antón caminaba despacio, mirando al suelo y empujando la bici con ambas manos, lo que, para un crío de su edad, equivalía a quitarse el sombrero, colocarlo humildemente sobre el pecho y aclarar que venía en son de paz. Unas horas antes, durante un paseo por el pueblo previo al almuerzo, su madre le había hecho ver el escaso provecho y elegancia de su conducta en la tienda aquel mediodía. Había llegado el momento de explicarle que, si lo que pretendía era impresionar a una niña como Lucía, lo único que iba a lograr incomodándola era el efecto contrario. Al final terminaría ahuyentándola y provocaría en ella una sensación de rechazo. «A todo el mundo le gusta ser tratado con respeto, Antón —le dijo mientras lo acercaba hacia ella rodeándolo con el brazo—. Ya se trate de una chica o un chico. De una novia o un amigo. Creo que deberías pedirle disculpas a esa niña. Es la única forma de que comprenda que puede confiar en ti».

Antón había estado masticando aquella conversación con su madre durante toda la comida, y su amargor, molesto pero irrebatible, todavía le repetía en el fondo del paladar. A lo largo del camino venía pensando en las palabras exactas que pronunciaría al ver a Lucía. Sabía exactamente lo que tenía que decir. Al llegar a su casa, sin embargo, no se atrevió a reproducir lo ensayado. Se detuvo debajo del balcón y, sin soltar la bicicleta, permaneció en silencio algo más de un minuto, contemplando aquel fuego lejano y misterioso de las montañas de enfrente.

—Tenemos el viento de espaldas —murmuró por fin.

Lucía ignoraba a qué se refería Antón, pero no dijo nada. El silencio duró otro medio minuto.

—El humo del incendio no vendrá hacia aquí. No cubrirá el cielo esta tarde.

Lucía permanecía callada, observando el paisaje con atención y vigilando a su inesperada visita por el rabillo del ojo.

—Con este calor, si el humo llegase a cubrir el cielo, el bochorno sería insoportable. No es la primera vez que arden los bosques por aquí, ¿sabes?

La niña bajó al fin la vista y, por su forma de arquear las cejas, Antón entendió que no tenía ningún interés en hablar sobre incendios.

—De acuerdo —cedió—. Verás, dentro de un rato vamos a ir todos hasta el río y he pensado que a lo mejor te apetecía acompañarnos.

—¿Al río? —Lucía frunció el ceño y echó un vistazo instintivo al interior de la casa por si alguien estaba escuchando—. No sabía que hubiese un río.

—Eso es porque nunca te hemos hablado de él ni solemos llevar con nosotros a nadie. Si quieres, te lo cuento, pero entonces tienes que venir. Y tienes que prometer que tú tampoco vas a comentarlo por ahí. Nuestros padres no nos permiten ir hasta esa zona y, si se enteran, se acabó lo de salir del pueblo con la bici para siempre.

Durante un instante, Lucía consideró la posibilidad de que se tratase de una trampa, pero eso implicaba tener que admitir que, a fin de cuentas, ella no era una excepción para

Antón y, sobre todo, que aquella invitación no era su extraña forma de disculparse.

—De acuerdo. Esperadme junto a la fuente. Bajo en quince minutos.

—Trae la bici.

El resto de la pandilla se sorprendió mucho al ver llegar a Lucía.

—Al final, se lo has contado —le recriminó Raquel a Antón como si llevase algún tiempo presintiendo que sucedería—. Eres bobo, se lo va a decir todo a su abuela y ya no podremos volver al río nunca más.

Lourdes resopló desanimada. El pequeño Josito se tapó la boca con una mano y agitó la otra nerviosamente, como si ya se hubiesen metido en un lío. Gonzalo sonrió satisfecho. Tenía muchas ganas de llevar a Lucía al lugar que él mismo había descubierto dos años antes y estaba convencido de su discreción. Antón ni se inmutó ante el comentario de Raquel y salió al encuentro de Lucía, a quien también había ido a recibir Marina dando felices saltitos, ajena a la controversia.

—Recuerda que no puedes decir nada.

—Ya lo sé, Antón. Ya me lo has dicho.

—Pues vámonos.

Instantes después, los siete muchachos recorrían en sus bicicletas el sendero que se adentraba en el bosque, más allá de la casa de la abuela Carmen.

Lucía marchaba en último lugar, admirada de los prominentes eucaliptos que flanqueaban el camino y que parecían custodiar desde lo alto la enigmática y grave tranquilidad del bosque.

Minutos más tarde, al llegar a un recodo, la cuadrilla se apartó de la ruta principal y cruzó una pradera a través de una senda poco precisa que desembocaba en una frondosa arboleda. Lucía pedaleaba y miraba hacia arriba hechizada, sintiéndose envuelta por las llamativas bóvedas que aquellos árboles formaban con sus copas, esporádicamente picoteadas de luz. Algunas horas después, durante el regreso al pueblo al anochecer, descubriría que se trataba de *carballos*.

La pandilla se detuvo en un extremo de la arboleda. El silencio del bosque allí era profundo y extraño. Solamente se escuchaban a lo lejos los ladridos nerviosos de una misteriosa jauría de perros. Lucía dirigió su mirada hacia el lugar del que provenía el sonido y se sintió un poco agitada.

—Siempre ladran —intervino Antón para tranquilizarla—. Nunca vienen, pero siempre ladran. Por eso lo llamamos «el camino de los perros».

—Está bien.

La única forma de llegar al otro lado del bosque era dejar las bicicletas al borde del camino, descender a pie por un terraplén baldío y pedregoso, saltar un riachuelo y atravesar una antigua carretera.

Antón, como no podía ser de otra manera, fue el primero en bajar. La determinación con la que se descolgó por la pendiente hizo que pareciese sencillo. Tras él, mucho más cautelosas, fueron Marina y Lucía. Gonzalo ayudó a bajar a Lourdes y a Raquel, apoyadas sobre su espalda, y en último lugar lo intentó Josito, que resbaló y acabó aterrizando en el riachuelo. Sonrojado, con un rasponazo en el codo y mirando al suelo, se levantó en el agua y dijo: «Estoy bien».

La pendiente, ahora poblada de pinos y arbustos, continuaba al otro lado de la carretera. Los chicos superaron la espesura culebreando entre los árboles y aparecieron en un viejo parral abandonado que agonizaba en lo más hondo de una estrecha vaguada. Parecía un lugar secreto, atrapado en el medio del bosque entre dos laderas imponentes, casi verticales, revestidas de matorrales y árboles que sobresalían y cuyas ramas se enredaban selváticas en las de los árboles de enfrente. Por primera vez, Lucía escuchó a lo lejos el rebelde murmullo del río.

«¡Es por aquí!», se escuchó gritar a Gonzalo desde algún lugar al otro lado del parral. Los niños cruzaron la maleza y siguieron a su amigo por unos peldaños irregulares, excavados en la superficie de una roca, que descendían hasta un rincón sombrío y cubierto por una tupida vegetación junto al que transcurría un pequeño pero enérgico arroyo. Dirigiéndose a Lucía, Gonzalo explicó que la única forma de continuar era metiéndose en el agua y siguiendo el propio cauce del río. «No te preocupes —añadió sonriendo—. Casi no cubre».

Uno por uno, los siete se fueron introduciendo en el agua y comenzaron a avanzar en el sentido de la corriente, sujetándose a las ramas y piedras de las orillas, con los brazos siempre por encima de la superficie. El arroyo discurría por el fondo de una angosta garganta, abriéndose paso a lo largo de la grieta que formaban aquellas laderas escarpadas. Lucía pensó en lo lejano que parecía el cielo desde allí abajo.

Aquella fina y alargada porción de espacio azul. Después de diez minutos de caminata por el lecho del río, Antón se volvió hacia ella y puso fin al recorrido: «Hemos llegado».

La pandilla se detuvo al borde de un salto de agua. El arroyo caía con vehemencia desde una altura de seis metros y se revolvía exageradamente para descansar después en una tranquila laguna, oculta por el bosque en aquella preciosa vega perdida. En ese lugar, el entorno parecía ensancharse y dejaba espacio al cielo y a la brisa y al verano. Al fondo de la cascada se había formado una profunda charca a la que los chicos llamaban «la poza». Con los dedos de los pies doblados sobre el desnivel y contemplando aquel paisaje desde lo alto, Lucía sintió cómo el río se precipitaba intrépido al vacío debajo de ella y experimentó una mezcla de vértigo, emoción y alegría.

—Este es nuestro refugio secreto —presumió Gonzalo.

—Me encanta —dijo ella en voz baja, todavía asombrada, contestando sin querer a una pregunta inexistente.

Josito se apresuró a quitarse la camiseta, cogió carrerilla y saltó con decisión hasta el centro de la poza. Todos se sorprendieron y rieron y aplaudieron la ocurrencia. Lourdes y Raquel descendieron hasta la charca por una rampa lateral y se quedaron charlando y nadando con calma en la orilla. Mientras se preparaban para saltar, Marina y Gonzalo contaban anécdotas de otras tardes, de otros viajes al río, intentando reclamar la atención de Lucía. Ella, sin embargo, permanecía allí de pie, lejos de sí misma, presa de la verticalidad de la cascada. Antón la observaba con curiosidad. Quería colocarse a su lado, dedicarle una mirada cómplice, confesarle que él ya sabía lo mucho que le iba a gustar aquel sitio, pero la adolescencia se lo impedía. Así que se acercó sigilosamente a ella por detrás, la rodeó con sus brazos, la levantó en el aire y, sin dejar de sujetarla, saltó.

El resto de la tarde se marchó distraído con la corriente, repartido entre bromas, risas y chapuzones. Al lado de la rampa que conectaba la parte superior del río con la poza, una roca grande y lisa servía de rellano en el que los chicos se tumbaban de vez en cuando a descansar. A última hora, mientras el resto chapoteaba en la charca, Lucía y Antón se echaron sobre ella y se quedaron un buen rato en silencio, como si el viento se hubiese llevado las voces de sus amigos y de algún modo estuviesen solos. En el cielo, remoto e imperturbable, se veían las estelas de dos aviones. Lucía observaba las copas de algunos árboles balanceándose con suavidad sobre su cabeza. A menudo cerraba los ojos y escuchaba su propia respiración y el sonido del río rompiendo contra la charca. Sólo parecían existir el ruido del agua, los árboles y el cielo.

Un poco antes de que Josito los llamase para que bajasen a jugar con el resto en la poza, Lucía notó cómo Antón se incorporaba a su lado e, inesperadamente, posaba los labios con delicadeza sobre los suyos. Estaban húmedos y fríos. Temblaban ligeramente, como tiemblan todas las cosas que nacen de la indecisión. Lucía llevaba tiempo pensando en cómo sería su primer beso. Con quién sería. Qué sensaciones tendría. Sin embargo, en aquel momento todo aquello dejó de tener importancia. Abrió los ojos sorprendida y, al descubrir delante de ella los de Antón, cerró los suyos de nuevo y sonrió.

Aquella tarde, allí tumbada, refugiada en ese universo secreto, apenas una hora antes de regresar con todos a casa al anochecer y sentir cómo las primeras gotas de lluvia de agosto hendían delicadamente la tierra y se llevaban consigo el pequeño aquelarre de luces rojas, amarillas y naranjas que todavía ardía en las montañas de enfrente, Lucía se sintió feliz.

No se atrevió a decirle a Antón y a los demás, sin embargo, que aquella era su última tarde de verano con ellos, a quienes quizá no vería hasta el año próximo. Al día siguiente regresaba con su madre a la ciudad. Lo que no sabía en ese momento es que, hasta dos décadas después, ella tampoco volvería a ver ese río.

NUEVE

Hola, cariño.

Lucía volvió en sí de repente, como si regresase de un profundo y viejo sueño. No dijo nada. En el fondo, no era del todo consciente de haber escuchado a Julián. Permaneció de espaldas a la puerta de la habitación, recostada en la cama, todavía mirando fijamente a través de la ventana. Se preguntaba si había llegado a dormir o había estado todo el tiempo despierta. Tampoco sabía muy bien qué hora era. Le costó unos segundos comprender dónde estaba y qué hacía allí.

—Hola, cariño —insistió Julián, colocándose a los pies de la cama—. He salido un poco antes hoy y he venido directamente al hospital. Creía que te encontraría durmiendo.

Lucía no contestó. Se incorporó con delicadeza y se recogió el pelo en un moño improvisado. Julián, ligeramente extrañado, se acercó a ella con cierta cautela.

—Te he traído otro libro y un par de revistas. ¿Qué hacías?

—Nada, no hacía nada. —Lucía volvió a dirigir su mirada hacia algún lugar al otro lado de la ventana—. Sólo veía el humo de los aviones.

DIEZ

Los días transcurren a una velocidad distinta a la del resto del mundo dentro de un hospital. Desde sus pasillos y habitaciones, fundido con su monotonía, uno tiene la impresión de formar parte de un lugar invisible. Un territorio oculto que, la mayoría de las veces, sólo existe del todo cuando eres tú quien se encuentra en su interior. Fuera, al otro lado de sus muros, la realidad se empeña en evitarlo. Pasa por delante a diario y no lo ve. En su lugar no hay nada. Se ha desvanecido en el pasado, perdido en el montón impreciso de los malos recuerdos. Hasta que un día cualquiera, cuando menos te lo esperas, te toca regresar a él.

Fernando también acudió a visitar a Lucía el jueves. Había pasado una semana desde el accidente y aquella era la cuarta vez que se acercaba hasta el hospital para verla. Para sentirla cerca. Para pasar un rato con ella. Quería asegurarse de que se encontraba un poco mejor cada día pero, sobre todo, necesitaba sacudirse de encima todo el pavor que aún le quedaba del terrible atropello frente a su portal.

 Había podido acompañarla unos minutos el sábado, pero ante la incesante llegada de visitas a la habitación había decidido que no era conveniente prolongar demasiado su estancia. Volvió a acercarse el lunes, un tanto asustado tras saber que Lucía todavía tendría que quedarse ingresada unos días más. Y otra vez el martes, ya con los ánimos más calmados, por lo que pudo dedicar buena parte de la tarde a conversar. Cuando Lucía lo vio llegar de nuevo el jueves mientras le mostraba desde la puerta el *walkman* y los casetes que le había prometido dos días antes, sólo pudo sentirse afortunada de tener en su vida a alguien como Fernando.

 Los dos amigos se habían conocido cinco años antes en la pequeña tienda de antigüedades, libros y objetos de segunda mano que él regentaba cerca del centro. A ella le encantaba detenerse allí los viernes por la tarde, al regresar del gimnasio. La mayor parte de las veces, solamente por el placer de observar. De recorrer con la mirada sus pasillos, como si fuese un museo, e inspeccionar con calma todo lo que no recordaba haber visto en esas mismas estanterías el viernes anterior. Le gustaban las figuritas y las piezas de decoración, especialmente si conservaban una pizca de mal gusto, y cualquier trasto inútil con pinta de ser práctico. Paseaba el dedo índice por los lomos de los libros, apilados por el local de forma profusa y aleatoria, semejante a una jungla literaria. Había libros en las repisas, libros apretados en cajas, montones de libros sobre un par de mesitas y varias columnas de libros desmoronadas sobre otras tantas columnas iguales en algún que otro rincón. Siempre encontraba algún disco antiguo, al menos lo bastante antiguo como para parecer moderno, que le recordaba a su infancia. Casi todo lo que allí se vendía, de hecho, conectaba de alguna manera con el pasado. Lucía solía decir que Fernando era su proveedor oficial de nostalgia.

Aquella tienda era, en realidad, el propio Fernando. Su aspecto pintoresco. Su carácter exagerado. Su eclecticismo y su singularidad. Pero principalmente era su desorden, tan minucioso y exacto. Ese caos organizado que, por alguna suerte de equilibrio imposible, lograba permanecer en todo momento en pie. Cuando Lucía mantuvo por primera vez una conversación distendida con él, después de muchos viernes de discreción y distancia, le sorprendió averiguar, por ejemplo, que en la tienda jamás hacía inventario. Sabía con precisión todo lo que había en ella y en qué lugar se encontraba, aunque no tuviese del todo claro cómo acceder en ese momento a ese lugar. Aquel día, Fernando había observado que Lucía se llevaba, entre otras cosas, una novela de Elena Garro. Unas semanas antes se había fijado en que había comprado una colección de cuentos de Inés Arredondo.

—¿Te interesa la literatura mexicana?

—Las escritoras mexicanas, sobre todo. —Lucía intercambió con él una sonrisa—. Las estoy descubriendo ahora.

—Pues entonces te gustará *El libro vacío,* de Josefina Vicens —comentó Fernando mientras cobraba a otro cliente—. No es una lectura sencilla, pero a mí me parece magnífico. Te lo recomiendo.

—¡Lo he leído, gracias! Me encanta ese libro. Lo tengo en casa. Es sensacional.

—Sí que lo es.

Fernando terminó de devolver el cambio y se quedó a solas con Lucía en la caja.

—La que no consigo encontrar por ningún lado es su segunda novela, *Los años falsos* —prosiguió Lucía—. Incluso he mirado varias veces por aquí, por si la tenías en la tienda, pero no ha habido suerte.

—Por supuesto que está aquí —contestó Fernando—. Lo que hace falta es descubrir dónde...

Cerró la caja y dirigió su mirada hacia el interior de la tienda, como si la estuviese escrutando de memoria.

—Espera, ahora mismo vuelvo.

Se alejó por uno de los pasillos con paso decidido y regresó al cabo de unos minutos con gesto triunfante y la novela en alto. A Lucía le pareció admirable que tuviese presente en todo momento cada una de las cosas que había en su tienda, como él mismo le explicó a continuación. No necesitaba hacer listas. De forma mecánica recordaba todo lo que entraba y todo lo que salía. Había abierto su pequeño almacén de curiosidades cuando estas ya no le cabían en casa, y de semejante ánimo coleccionista había surgido una bonita forma de ganarse la vida.

—Soy consciente de todo cuanto hay en la tienda porque para mí esto no es un oficio —confesó Fernando—. Es más bien una pasión. Si no fuese porque no me queda más remedio, no vendería nada de lo que hay aquí. Ni siquiera *Los años falsos* de Josefina Vicens.

Los dos rieron y siguieron conversando animadamente sobre literatura durante buena parte de la tarde, que por un momento quiso detenerse allí mismo, en aquel lugar y aquel instante, alrededor de la nueva amistad que comenzaba a nacer.

Los años falsos se convertiría con el tiempo en la novela favorita de Lucía. La llevaría consigo a todas partes. La releería en numerosas ocasiones, hallando siempre entre sus líneas una nueva frase inesperada, una nueva conclusión inevitable que invitaba a reflexionar. Julián se propuso varias veces hojear algunos capítulos del libro, descubrir qué había encontrado en él Lucía, pero nunca parecía ser el momento adecuado para prestarle la suficiente atención. Cuando por fin se decidió a leerlo, mucho tiempo después de aquella primera charla entre Fernando y Lucía en la tienda, creyó que tal vez sería demasiado tarde para hallar en su interior alguna respuesta, pero estaba equivocado. En sus páginas descubriría mucho más de lo que había ido a buscar.

Fernando y Lucía comenzaron a verse a menudo, a conocerse mejor. A intercambiar confidencias y anhelos y temores. Pero también silencios. Uno se da cuenta de que su amistad con otra persona ha dejado de ser frágil o indecisa cuando un día observa que esa relación se ha vuelto indiferente al silencio. Cuando este ya nunca es incómodo. Cuando los largos ratos sin decir nada son solamente un rato más. Como otro cualquiera.

Cada vez que quedaban para tomar algo juntos, Lucía y Fernando llenaban las horas de conversación y de silencio. Solían charlar sobre cualquier cosa y a la vez sobre ninguna. El uno se había convertido para el otro en alguien con quien hablar, pero también en alguien con quien, sencillamente, resultaba agradable estar. Y ninguno de los dos precisaba de mucho más.

Con el paso de los meses terminaron siendo inseparables. Además de los viernes en la tienda, acostumbraban a verse las tardes de los domingos en una cafetería situada en el barrio de Fernando. Tardes a las que, poco a poco, también se fue incorporando Julián. Al principio, con desconfianza hacia Fernando. Lo estudiaba. Lo evaluaba de lejos. Rastreaba en la medida de lo posible sus intenciones con Lucía. Incluso se mostraba esquivo o distante en las primeras ocasiones, lo que no dejaba de ser una reacción motivada por su propia inseguridad. Pero el recelo inicial no tardó demasiado tiempo en ceder espacio a la aprobación. Y esta, a cierta afinidad y afecto que pronto devinieron en simpatía y, finalmente, en amistad. Para cuando Fernando quiso darse cuenta había transcurrido un año; aquellos domingos de dos habían pasado a ser domingos de tres, y tanto Lucía como Julián habían ocupado un lugar de gran relevancia en su vida.

Una de aquellas tardes de domingo, mientras esperaban a que Julián se les uniese para salir los tres a dar un paseo, Lucía y Fernando conversaban en la cafetería sobre la vida y sobre el azar.

—Me encanta esta zona —comentó Lucía mientras observaba la calle a través del ventanal—. No exagero cuando digo que vives en el barrio más bonito de la ciudad.

—Pues quería hablarte sobre eso. ¿Recuerdas el piso de arriba de mi edificio, ese que tiene un balcón grande y sobre el que bromeabas con la posibilidad de alquilarlo algún día? Está a punto de quedarse libre.

Lucía abrió los ojos con sorpresa mientras daba un sorbo a su café.

—Lo sé porque me lo ha dicho mi propia vecina, Malu. Resulta que se tiene que mudar dentro de unas semanas por trabajo.

—Vaya… —Lucía sonrió ilusionada— ¿Te imaginas? ¿Tú y yo siendo vecinos?

—¿Y por qué no? ¡Tendríamos todo el edificio para nosotros! Podríamos hacer algunas locuras, como organizar fiestas conjuntas y cosas por el estilo.

—Sería muy divertido.

—Si de verdad estáis pensando en iros a vivir juntos dentro de poco, yo creo que al menos deberíais venir a verlo. Estoy convencido de que os va a encantar.

Mientras escuchaba a Fernando, Lucía se recostó ligeramente en el respaldo de su silla.

—Sería increíble que terminásemos siendo vecinos, ¿no te parece? Viendo alguna película contigo de vez en cuando, volviendo al edificio juntos todos los viernes… Quién me iba a decir hace un año que podría terminar pasando los sábados por la noche cenando en casa con Julián y con el chico aquel de la tienda donde me paraba a curiosear al salir del gimnasio.

Fernando la observó con ternura.

—Supongo que a veces el azar tiene estos caprichos.

—¿Pero tú crees en esas cosas? —se sorprendió Lucía.

—¿En el azar? Pues claro. No es algo en lo que uno pueda creer o no. Simplemente está ahí. Es lo que conecta todo.

—Pues yo no opino igual. No creo que las cosas ocurran por algo ni que estemos a merced del destino. Creo que todos podemos elegir, tomar libremente decisiones sobre nuestras vidas.

—Yo no he hablado del destino, Lucía. He hablado del azar, que es muy distinto. ¿Qué crees tú que es el azar?

—Pues no lo sé... El azar es casualidad, supongo. Una nube indefinida de posibilidades. Todas las que tienes en cada momento. Todo lo que podría suceder.

—Entonces estamos más o menos de acuerdo. Sólo que yo no creo que esa nube de posibilidades sea tan indefinida. Ni que tenga algo que ver con la casualidad.

Lucía mostró una mueca de hastío.

—Tú misma acabas de decirlo. Todos tomamos decisiones sobre nuestras vidas. A veces son decisiones importantes que nos conducen muy claramente por un camino o por otro. Como elegir qué vas a estudiar. O quedarte a vivir en una determinada ciudad. O decidir si quieres tener hijos o no. Pero otras veces son decisiones mínimas, casi irrelevantes. Decisiones cuyas consecuencias creemos que son diminutas, limitadas a la propia decisión minúscula que acabamos de tomar, ignorando que en realidad pueden llegar a ser tan determinantes en tu vida como todas esas otras decisiones fundamentales que a veces adoptamos.

—¿Y qué tiene que ver eso con el azar?

—Es que el azar es eso. Precisamente eso. Todo lo que tú crees que ocurre por pura casualidad, de forma aleatoria, y sin embargo es el resultado de todo cuanto ha sucedido con anterioridad. Es el producto de esa delicada combinación. Incluso de las decisiones más pequeñas e insignificantes que te puedas imaginar. Tanto tuyas como de los demás.

—Pues a mí me parece que hay cosas que suceden sin más. Si yo decido salir a la calle ahora mismo, porque sí, porque se me ocurre en este mismo instante, sin ninguna causa anterior que lo provoque, y me encuentro con un compañero de trabajo cruzando por delante de la cafetería, será sólo una coincidencia. No será el resultado de ninguna clase de engranaje, si es eso de lo que estás hablando.

—Por supuesto que lo será. Incluso para que las cosas aparentemente más fortuitas ocurran, todas las piezas deben encajar. Y la prueba es que esas cosas suceden. Como también lo es que muchas veces no suceden.

Fernando se detuvo unos segundos intentando construir un ejemplo.

—Piensa en esto: basta con cambiar un solo elemento de esa cadena, un solo eslabón, para que ya no suceda nada de eso que tú dices que ocurriría porque sí. Tal vez tu compañero de trabajo pasaba justamente por ahí en ese instante porque se había detenido un minuto más de lo previsto en una panadería. Y tal vez se había detenido ese minuto porque el panadero no le estaba dando bien el cambio. Y a lo mejor el panadero no le estaba dando bien el cambio porque andaba un poco despistado. Y quizá andaba un poco despistado porque en ese momento estaba pensando que su novia, que está de viaje, esa mañana no lo había llamado. Y tal vez su novia no lo había llamado porque se había quedado dormida. Y puede que se hubiese quedado dormida porque su despertador no sonó. Y quizá no sonó porque se le habían agotado las pilas. Y a lo mejor se le habían agotado las pilas porque el paquete en el que estas venían, justamente ese paquete en concreto, había salido defectuoso. Así que si esa chica, al comprar las pilas para su despertador, hubiese elegido el paquete de al lado, tu amigo habría pasado por aquí un minuto antes y ya no os habríais cruzado. Y a lo mejor, si hubiese seguido su camino con un minuto de antelación, podría haber tropezado más adelante con otra chica que resultase ser el amor de su vida y los dos podrían haber terminado viviendo sus vidas juntos y enamorados. Y todo porque la novia del panadero, en su momento, tomó una decisión tan aparentemente intrascendente como escoger el paquete de pilas de al lado. Es tan sencillo como eso. Y eso es exactamente el azar.

Lucía se quedó observando en silencio a Fernando durante un rato mientras se mordisqueaba con desconfianza el labio de abajo.

—Solamente de pensar en la lata que me podrías dar a diario con cosas como esta, he decidido que ya no me interesa ese piso libre en tu edificio, Fernando.

Los dos amigos se echaron a reír y, sin levantarse del sofá en el que estaban sentados, se dieron un cariñoso abrazo. Al cabo de unos minutos llegó Julián y los tres salieron a pasear. Mientras caminaban, Lucía repitió una vez más lo mucho que le gustaba aquel barrio. Unas semanas más tarde, acaso por capricho del azar, Julián y ella se irían a vivir juntos al piso de arriba de Fernando.

ONCE

El día después de mudarse, Lucía y Julián permanecieron en la cama hasta el mediodía. Los dos encontraban en esa clase de apatía cierta satisfacción traviesa y clandestina, similar a un placer culpable. Julián había aprendido de Lucía a vivir despacio. A no pasar por las cosas de largo. Él siempre había sido un chico inquieto. Ansioso. Urgente. Nunca disponía de tiempo suficiente porque ignoraba que la mejor forma de aprovecharlo era perderlo deliberadamente. Los años al lado de Lucía le habían enseñado a detenerse, a sacudirse la inercia, a observarse a sí mismo desde fuera y hallar agrado en la quietud. Al final llegó a comprender que, a menudo, cuando uno tiene demasiadas cosas que hacer, lo mejor es instalarse en una pausa larga y anárquica y no hacer absolutamente nada.

Era domingo. El primer domingo de agosto. Lucía se despertó un par de horas antes que Julián y se quedó a su lado acostada en la cama. Adoraba esa sensación. La generosa lentitud de los domingos por la mañana. Esa serenidad solemne y despejada que los acompañaba, como de pueblecito pesquero después de comer. La levedad de sus minutos y sus horas. Su melancolía. No pasaron muchos días hasta que Lucía decidió que su momento favorito de la semana era los domingos por la mañana. Todo en ellos la cautivaba. Incluso ese frágil martilleo del reloj del pasillo que al cabo de un rato terminaba desapareciendo en el aire, confundido con el propio silencio de la habitación. Le encantaba sentirse acompañada a lo lejos por el tímido compás de aquel viejo reloj.

Habían realizado la mudanza la tarde anterior. Mientras Julián cargaba los muebles y las cajas hasta el segundo piso, Lucía se ocupaba de la distribución del menaje y la decoración. El propio Julián se había empeñado en ese desigual reparto de funciones aquella misma mañana, alegando que «la gestión de la belleza siempre debe estar en manos de pianistas». A Lucía le conmovían esas ocurrencias de Julián. Le inspiraban una gran ternura. Como su torpeza, su dramatismo o su escaso sentido de la oportunidad. Tan inevitable era que se reservase la tarea más fatigosa como que intentase justificarlo con un ejercicio sobreactuado de poesía. Su personalidad se componía de esas pequeñas rarezas que, en el fondo, o al menos así lo creía Lucía, formaban parte de su encanto.

Julián subió los últimos enseres poco antes de la hora de cenar. Los dejó en el pasillo, se precipitó como un peso muerto sobre el sofá del salón y, con la cara contra los cojines, oprimido bajo un simbolismo exagerado, elogió sarcásticamente las mudanzas. Para él, que había cambiado de piso siete veces, los traslados habían desarrollado un cierto sabor a falso. Se habían convertido en un ritual vacío. Deshumanizado. Parecido al sexo remunerado. Tenía la sensación de que no eran sus cosas las que se mudaban con él, sino todo lo contrario. Era él quien seguía a sus cosas. No se trasladaba a otro piso. Como su televisor, su vajilla o sus zapatos, Julián se almacenaba a sí mismo. Él era una más de sus pertenencias.

En esta ocasión, no obstante, la situación era distinta. Por primera vez compartiría su hogar con Lucía. Después de tantos años de relación, aquella era la noche que inauguraba una vida en común. Que servía de última frontera entre el pasado y el presente. Julián respiraba contra los cojines del sofá boca abajo, teatralmente derrotado, lamentando en voz alta y con tono burlón el esfuerzo realizado, pero pocas veces en su vida había deseado algo con tanta intensidad como la noche de aquel día de mudanza.

Lucía abrió un par de cervezas y las colocó sobre la mesa del salón. Julián se giró, se tendió de espaldas y se encendió un cigarrillo. Durante unos minutos, los dos observaron en silencio cómo el humo serpenteaba temerosamente por la habitación, como queriendo reconocerla, para terminar huyendo por la ranura de la puerta del balcón. Era un humo asustadizo y enclenque. Por un momento, Julián lo compadeció —esto no es cierto, se compadeció a sí mismo—, pero enseguida pensó que, con el tiempo, también aquel frágil hilo de humo terminaría acostumbrándose a las esquinas de su nueva casa.

Por la noche, mientras recogían algunas cajas vacías y colocaban por primera vez en su sitio los cacharros de la cocina, Fernando apareció en su puerta con algo de cenar para los tres. Había tenido que pasar el sábado fuera para resolver asuntos familiares, pero llevaba todo el día deseando llegar al edificio y dar por inaugurado oficialmente el apartamento de sus nuevos vecinos. Julián lo recibió con un abrazo y escuchó sus disculpas, que juzgó innecesarias. No quiso decir nada para no herir sus sentimientos, pero en el fondo agradecía que aquel primer día en su casa, aunque fuese transportando muebles y abriendo maletas, hubiese sido solamente para Lucía y para él.

Poco después, durante la cena, Fernando volvió a lamentar no haber podido echarles una mano con la mudanza.

—Pero para compensaros —añadió mientras vertía salsa agridulce sobre su rollito de primavera—, mañana os llevaré a dar una vuelta por el mercado.

—¿Por el mercado? —Lucía había paseado varias veces por el barrio con Julián y con Fernando y estaba segura de no haber visto nada parecido a un rastro ni a una plaza de abastos—. ¿Qué mercado?

—Es un mercadillo de verano —contestó Fernando—. Se celebra todos los años el primer domingo de agosto. Es un sitio estupendo para descubrir nuevos tesoros. Algunos para venderlos yo después en la tienda y otros para quedárnoslos nosotros. Podemos ir a dar una vuelta mañana, a ver qué encontramos.

En realidad, el mercadillo al que se refería Fernando, aunque a él le pareciese fascinante, no tenía nada de especial.

Se trataba de una feria ambulante en la que había puestos de comida, productos artesanales, abalorios y objetos de segunda mano. Como todas las ferias del estilo. Sin embargo, aunque así fuese, a Lucía le pareció una buena forma de conocer todavía más a fondo el barrio. De empezar a confraternizar con su gente. Cuando se despertó aquel domingo al lado de Julián, en medio de una paz impecable, supo que lo primero que harían aquella mañana sería bajar a dar un precioso paseo por el mercado.

DOCE

Lucía era una mujer apasionada. Sus amigos solían decir de ella que era honesta. Y discreta. Y segura de sí misma. Pero era, sobre todo, apasionada. Tenía esa cualidad especial que poseen algunos de entusiasmarse con las pequeñas cosas. De encontrar siempre el motivo perfecto para disfrutar de cada momento. En aquel mercadillo, todos los puestos le fascinaron. En todos halló algo encantador o disfrutó de la conversación con el tendero o se entretuvo con algún objeto pintoresco, como una tela exótica que se colocó alrededor del cuello a modo de fular o un barquito de cartón que se puso de sombrero. Curioseaba cada detalle con ojos atrevidos y alegres. Era imposible no sonreír al verla. Era imposible, de hecho, no enamorarse de ella al verla. Paseaba entre la gente cogida del brazo de Julián, como bailando dentro de su blusa blanca, con unos pantalones cortos y un lazo en el pelo. No se diferenciaba en nada de cualquier otra chica entre la multitud y, al mismo tiempo, se diferenciaba en todo. Era una de esas personas que hacen que parezca que el tiempo fluye de otra manera, que el lugar en el que estás es más acogedor, que te lo estás pasando mejor. Lucía era, la mayor parte de los días, lo mejor que te podía pasar.

Y le pasó a Julián. Él la miraba encandilado, como si observase la escena desde muy lejos, a salvo, y se alegraba de comprobar que era él y no otro quien caminaba a su lado. Pasarían los años y nunca olvidaría aquel primer paseo con Lucía por el barrio. De vez en cuando regresaba a sí mismo, a su personaje, mitad realidad, mitad ficción, como si no pudiese permitirse incumplir siquiera un instante su código derrotista, y le recordaba a Lucía que todavía tenían casi todo metido en cajas, que en el apartamento no iban a caber más trastos, que no se le ocurriese comprar nada, que sólo habían salido a dar una vuelta y encontrarse con Fernando. Ella se detenía entonces y le dedicaba una sonrisa tierna e indulgente, plena de sintaxis y de gramática y de semántica, la clase de sonrisa a la que a uno no le queda más remedio que rendirse, le daba un beso y continuaba adelante con la excursión, enredando dichosa entre los tenderetes, disfrutando de aquel precioso domingo de verano.

    El barrio invitaba a pasear. A recorrerlo despacio. Sus calles eran de piedra y de tiempo, de sombras remotas y ecos pasados que se mezclaban hoy con el bullicio de las tascas, el rumor del turismo y el entretenido desorden de los vinos, las cañas y las tapas. Sus fachadas y balcones, siempre adornados de flores, contemplaban desde lo alto el paso de los años, el ir y venir de sus vecinos, el tránsito de sus viajeros. Escondía entre sus viejos edificios cuatro plazas empedradas colmadas de terrazas y un parque contiguo a un patio interior muy poco concurrido que, con los meses, se convertiría en el rincón favorito de Lucía y Julián.

Allí solían acudir cada domingo al mediodía, recién levantados, para leer la prensa y tomar el vermú. A Julián le daba un poco igual, pero Lucía jamás perdonaba su vermú, que a veces consistía en una cerveza y otras en un vino y otras en un refresco, pero a ella le divertía llamarlo siempre vermú. Y del vermú le gustaba todo. El aroma a domingo, la mesita de madera al aire libre en el patio del mercado, las contraventanas blancas, las campanadas de fondo, el camino de vuelta, abrazada a la cintura de Julián. Se reclinaba en la silla, se desperezaba con naturalidad, como si no hubiese nadie más en la plaza, y allí permanecía en silencio durante un buen rato, refugiada tras sus gafas de sol, observando el humo de los aviones desvaneciéndose en el cielo.

Fernando los alcanzó a la altura de los últimos puestos de comida y, nada más llegar, de forma atropellada y llamativa, comenzó a enumerar las «pequeñas joyas» a las que había echado el ojo mientras cruzaba el mercadillo de camino a la plaza en la que habían quedado.

—He visto una tetera inglesa estupenda, un monedero baratísimo de piel auténtica, varios discos de segunda mano en muy buen estado, un reloj de bolsillo igual que el de mi abuelo, un surtido de jabones naturales de diferentes fragancias, una muestra de quesos de la tierra de mi madre, un par de láminas de Brigitte Bardot y Jane Birkin desnudas en la cama durante el rodaje de *Si Don Juan était une femme*, que es mi película favorita desde que la vi en París hace diez años el mismo día de su estreno, unos pendientes de azabache que ya sé a quién regalar, una mantita de algodón muy suave para la cuna de mi sobrino y un sinfín de cosas más para la tienda.

Lucía lo escuchaba maravillada, desconcertada ante semejante explosión de energía. Aquellos arrebatos de entusiasmo eran una de las cosas que más le gustaban de Fernando.

—¿Y para nuestro apartamento no has visto nada?

—Nosotros no necesitamos nada, Lucía —interrumpió Julián mientras los tres continuaban caminando por el mercado—. Todavía tenemos que terminar de desempaquetar todo lo que falta.

—Sí que necesitamos algo, cariño. Necesitamos flores —sonrió ella.

—¡Qué buena idea! —exclamó Fernando ralentizando el paso, quedándose casi un poco atrás—. ¿Qué es un piso sin flores? ¿Qué es un hogar sin plantas?

—Ya tenemos plantas —insistió Julián—. Nos hemos traído un montón de plantas. Ayer tuve que barrer las escaleras por culpa de toda la tierra que se me cayó sin querer al subir una docena de macetas con plantas. ¿Qué había en esas macetas entonces, si no eran plantas? ¿Cuadros? ¿Libros? Porque se parecían mucho a las plantas. Yo estoy casi seguro de que eran plantas. Si me encañonasen ahora mismo con una pistola, seguiría jurando que eran plantas.

—Necesitamos flores para el balcón —contestó Lucía cariñosamente mientras cogía de la mano a Julián—. Tenemos un montón de plantas para el piso, pero me gustaría adornar el balcón y que nuestra casa esté bonita por dentro y por fuera.

—Pues ahora que lo dices, antes me pareció ver un puesto de plantas y flores en una de las casetas que hay en la calle de al lado —comentó tímidamente Fernando—. Tal vez podríamos acercarnos a echar un vistazo.

—Me encantaría. Esta mañana lo estuve pensando y me apetece mucho darle un toque de color con unos tiestos de barro y algunos geranios.

—¡Es una idea fantástica! —exclamó Fernando—. Y quedarían genial en vuestro balcón, colgados de esa preciosa reja de hierro forjado. Le aportarían un aire mediterráneo, pero también un aspecto hogareño y a la vez muy urbano.

Julián torció exageradamente el gesto.

—Cómo me gusta ese balcón vuestro, chicos. Tenía que haber alquilado yo el segundo piso en lugar del primero. ¿Qué opinas tú, Julián?

—¿Sobre tu alquiler?

—Sobre los geranios.

—Ah... No lo sé.

—¡Pero si es una idea magnífica! —continuó Fernando—. Y todavía les quedan un par de meses en flor. Y además estarán en el balcón, no ocuparán más espacio en vuestra casa.

—De acuerdo, está bien —resopló Julián—. Vamos a comprar los dichosos geranios.

—¡Vamos a comprar geranios, Lucía!

—Ay, qué bien. Ya verás, cariño, te van a encantar.

Con los años, Julián terminaría asociando su hogar con aquellos tiestos del balcón. En verano, gracias a sus flores, de tonos anaranjados y blancos, los preferidos de Lucía, siempre reconocía su piso a lo lejos cuando llegaba de trabajar, como esos marineros que divisan el color de su casa desde el mar poco antes de arribar al malecón. En las tardes solitarias, encerrado en su oficina, solía imaginarse a Lucía leyendo en la butaca de tela que había junto a la puerta del balcón. La veía desde el exterior del edificio, como si fuese el viento el que la observaba en secreto, y en la imagen siempre se hallaban en primer plano las delicadas flores de los geranios. Y entonces la añoraba y deseaba regresar a casa lo antes posible y pasar el resto del día y la noche con ella. Y pensaba en su apartamento y en su vida juntos y en aquellas flores del balcón que con tanto esmero cuidaba. Y sentía que, aunque aquel no estuviese siendo el mejor de sus días, al menos siempre tendría a Lucía. Y eso era todo cuanto podía necesitar.

Porque Lucía lo era todo para Julián. Su compañera. Su soporte. Su referente. Eso que, en otra época, habría llamado el amor de su vida. De igual forma, Julián lo era todo para Lucía. Ambos creían —especialmente Julián— que existía entre ellos cierta clase de conexión trascendental. Un nexo tácito que se extendía más allá de lo emocional y lo racional. Estaban juntos porque lo contrario era imposible. Porque hay cosas que, sencillamente, ocurren y no es necesario hacer nada para que sea así. Como las puestas de sol, el paso de las horas, la gravedad o el vínculo entre Julián y Lucía. No existía otra posibilidad. La suya era una relación inevitable.

—Estos me parecen una belleza, Lucía —dijo Fernando sujetando en sus manos una de las muchas macetas que había en el puesto de plantas y flores del mercadillo.

—Y a mí. Pero los prefiero de flores blancas. Me gustan esos de ahí. ¿A ti te gustan, Julián?

—A mí me parecen todos bien, los que tú elijas.

Fernando se alejó unos metros mientras trataba de localizar unos tiestos de arcilla.

—Pero yo prefiero que los elijamos los dos —dijo Lucía con tono apenado—. ¿No te gustan esos de ahí, los de las flores blancas?

—Sí que me gustan. Me gustan mucho. Pero yo no entiendo nada de esto y no lo quiero estropear.

Julián echó un vistazo rápido por el tenderete y señaló hacia un rincón del fondo.

—También me gustan aquellos de allí, por ejemplo, los de color naranja.

—¡Pues ya está! —celebró Lucía—. Decidido. Nos llevamos estos ocho. Cuatro blancos y cuatro naranjas. ¿Te gustan estos ocho, cariño?

—Me encantan.

Fernando regresó junto a ellos con los tiestos y los tres emprendieron el camino de vuelta a casa dando un pequeño rodeo. Tal y como habían decidido el día anterior, su idea era parar a comer algo en una de las viejas cantinas que se amontonaban sin orden en las callejuelas adyacentes al mercadillo.

Durante el almuerzo, Lucía, Fernando y Julián hablaron una vez más sobre el vecindario. Sobre sus calles vivas, su estampa bohemia y su ambiente cordial. De vez en cuando Julián se cubría sin querer con su propia caricatura, y exponía por enésima vez su enérgica opinión sobre las cosas que pueden ser y las que no pueden ser, pero sus intervenciones terminaban siempre con las bromas de alguno de los tres.

Siguieron hablando a lo largo del trayecto de vuelta y continuaron haciéndolo en el portal y en la escalera hasta llegar al primer piso. Allí Julián cogió todas las bolsas con las plantas que habían comprado, se despidió en voz alta y retomó la marcha hasta su apartamento. Lucía le agradeció a Fernando su amabilidad, le dio dos besos fugaces y aceleró el paso para alcanzar a Julián, que ya cargaba con los geranios a la altura del segundo piso.

Unos minutos más tarde, Lucía y Julián salieron al balcón y colgaron en la parte exterior de la reja de hierro las ocho macetas, alternando las flores blancas y las anaranjadas. En el salón todavía tenían docenas de cosas guardadas en cajas, pero al terminar de colocar los geranios los dos pensaron que, de alguna forma, a pesar de todo el trabajo que faltaba por hacer y los bultos que quedaban por desempaquetar, en ese preciso instante se había terminado la mudanza.

—A partir de ahora estas serán mis flores favoritas —reflexionó Lucía en voz alta contemplando su balcón.

—Las mías también —contestó Julián.

Y se quedaron allí un buen rato apoyados el uno sobre el otro en la barandilla sin hacer nada.

TRECE

Las horas muertas en un hospital se componen de momentos mínimos pero infinitos. Como pequeñas celdillas que vas rellenando perezosamente con instantes tan precisos como anodinos. Te descubres a ti mismo ordenando con minuciosidad los objetos de una mesa. O anticipándote a los cambios de turno del personal. O repasando en silencio el sonido cíclico de los engranajes del ascensor. O planeando ir a buscar un vaso de agua. Caminando hasta el grifo. Llenando el vaso. Cerrando el grifo. Regresando a la habitación. Bebiendo un sorbo de agua. Depositando el vaso sobre la mesita auxiliar. Escuchando el ascensor de nuevo. Vas colmando poco a poco sus minutos de ocupaciones que hasta entonces eran accesorias a otras. Actividades secundarias que normalmente realizas de forma casi inconsciente, casi automática, pero que ahora se han sacudido su carácter insustancial y son todo cuanto te queda. Todas tus rutinas pivotan a su alrededor.

Durante el segundo fin de semana de Lucía en el hospital, Julián había averiguado que empleaba casi media hora en contar uno a uno los escalones que había desde la planta baja hasta la azotea. Repitiendo el proceso tres o cuatro veces, podía ocupar media tarde. El martes siguiente, aproximadamente a la hora de cenar, después de subir y bajar por quinta vez, se dio cuenta de que había memorizado sin querer las escaleras. Era capaz de cerrar los ojos y visualizarlas con nitidez. Peldaño a peldaño. Momentáneamente, le invadió el temor de no tener nada más que hacer en ese hospital. De haber sido traicionado por la literalidad de un pasatiempo. La tarde del miércoles encontraría una distracción nueva e ineficaz, se dijo a sí mismo. «Algo que me entretenga, pero no lo bastante».

Aquella noche la pasó en el hospital. A veces permanecía junto a Lucía hasta tarde y se marchaba a casa de madrugada para dormir algo antes de irse a trabajar. Otras, amanecía en una de las miserables butacas que había a los pies de las camas. En esta ocasión, y ya que por fin disponía de unos cuantos días libres durante la segunda quincena del mes, decidió quedarse en la habitación acompañando a Lucía. De nada había servido que ella insistiese varias veces en lo contrario.

Al día siguiente aprovechó las primeras horas de la mañana para salir a dar un paseo mientras todavía hacía fresco. Desde el mediodía y hasta el atardecer, el sol de agosto golpeaba sin misericordia. Notabas cómo te hundía. Cómo su peso, todo el peso del sol, te oprimía contra el asfalto como una colilla asfixiada bajo la suela de una bota. Por las noches, Lucía se daba una ducha para desprenderse del calor. Un calor viscoso que el agua se llevaba por el desagüe para volver al día siguiente en forma de aire húmedo y espeso. Recordaba esas moscas que torturan a las reses a pesar de sus esfuerzos por espantarlas una y otra vez. Aquel calor siempre volvía.

Julián recorrió dos veces el perímetro de la llanura que había al otro lado del hospital y regresó una hora después. Durante su paseo pensó una vez más en Lucía y en la fortuna y en la casualidad. Y en cómo se habían sucedido los acontecimientos. Y en la forma caótica pero prodigiosa que tienen las piezas de encajar y ordenarse inevitablemente sobre el tablero, aunque ese orden parezca a veces injusto y arbitrario. Y se preguntó qué estaba ocurriendo. Qué le pasaba a Lucía. En qué consistía aquel azar absurdo que la retenía en un hospital. Y cada vez que se detenía a especular en silencio, un relámpago le recorría la espina dorsal estremeciéndole el alma. «No es el momento de realizar conjeturas —había dispuesto el médico el lunes de la semana anterior—. Pero si tiene alguna duda, estaré en mi despacho». Las dudas de Julián no habían variado, pero ya habían pasado nueve días y continuaban sin solución. Hablaba con el médico después de cada nueva exploración, pero su respuesta era invariable: había algo extraño en los resultados de las últimas pruebas, pero era muy pronto para extraer conclusiones. No servía de nada formular posibles hipótesis sin disponer de toda la información. Siempre la misma cantinela. La misma apelación a la calma. La misma demanda insensible de paciencia.

Antes de volver a su rutina de horas huecas y cansadas, Julián se detuvo en el bar de la calle de atrás, pidió un café cortado y telefoneó a su hermano, como hacía todos los miércoles y los sábados. Le explicó que era muy poco lo que había cambiado desde su última visita. Que todavía no tenían noticias. Que no sabían nada. Que seguían sin conocer las sospechas de los médicos sobre el estado de salud de Lucía, aunque ella no parecía alarmada. Que hacer suposiciones, les decían una y otra vez, sólo serviría para asustarlos, y seguramente en vano. Que había que esperar. Esperar a estar seguros. Esperar a estar seguros de algo. Se tratase de algo bueno o de algo malo. Que lo único que podían hacer en aquel momento, como si aquello no fuese sinónimo, en realidad, de no hacer nada, era esperar.

Santiago tranquilizó a su hermano y le aconsejó que relativizase el modo en que los médicos se dirigían a veces a sus pacientes. Después comentaron un par de anécdotas triviales y hablaron sobre la incertidumbre. Julián le confirmó que Lucía seguía sola en la habitación y que no parecía que fuesen a ingresar a nadie en la cama de al lado. Durante un rato charlaron sobre política y sobre sanidad de un modo impreciso, como si fuesen la misma cosa. Incluso bromearon con la idea de mantener a los médicos ingresados a lo largo de un mes en alguna planta del hospital justo después de concederles el título universitario, a modo de rito iniciático. «Para que sepan lo duro que es estar del otro lado», concretó Santiago.

Y los dos rieron tímidamente. De esa forma extraña en que uno se ríe, entre el desahogo y el sentimiento de culpa, cuando tiene a un ser querido en el hospital.

Aquella era la clase de conversación que Julián llevaba días deseando mantener con su hermano. Puede que años. Más de una tarde de inquietud había extrañado ese tono agradable —incluso cariñoso— de otra época. Ahora reconocía en su voz cierta calidez olvidada que le hacía sentirse en casa.

Hacia el final de la llamada, cuando no faltaba mucho para despedirse, pensó en que quizá aquella era la oportunidad idónea para acercarse un poco más a Santiago. Para abrirse a él. Para confesarle que, por una sola vez en su vida y con mucho esfuerzo, había elegido no dejar que el pesimismo lo sometiese. Que había comprendido que, en esta ocasión, no iba a hallar alivio alguno intentando adelantarse a la adversidad, sino todo lo contrario. Quería explicarle a su hermano cómo se sentía. Y hablarle de Lucía y describir sin reticencias lo feliz que era con ella. Quería mostrarse tal y como era. Quería contarle por una vez a Santiago quién era él.

Pero no se atrevió. La charla se fue desdibujando entre vaguedades, su hermano se despidió, colgó su auricular al otro lado de la línea y Julián se quedó escuchando durante algunos segundos el tono intermitente del teléfono. Como si su característico sonido, esa señal tan familiar, le hubiese devuelto de repente a la realidad.

Salió a la calle, se sentó en una de las sillas de plástico verde de la terraza del bar y se encendió un cigarrillo. Echó la cabeza hacia atrás y exhaló una densa bocanada de humo. Un humo opaco y envidiable que sabía un poco a decepción.

Y mientras lo hacía, recordó aquel primer cigarrillo que se había fumado con Fernando en la puerta de urgencias el día del accidente. Y el calor acuoso de la sala de espera y lo lejos que a él le parecía estar de allí. Aquellos nervios, aquel miedo. Y cómo le tiritaban las manos al fumar. Cómo le tiritaba el cigarro. Y la calle. Y la mañana. Y la vida entera.

Y a medida que su cigarrillo se iba consumiendo, reflexionó sobre su propia capacidad para adaptarse a la calamidad, sobre cómo el mismo escenario parecía menos hostil casi dos semanas después. Y concluyó que había algo trágico en el modo en que la cotidianidad convierte en ordinario lo extraordinario. A veces para bien y a veces para mal. Y permaneció unos minutos más allí sentado, dándole vueltas a esa idea en la terraza de aquel bar.

CATORCE

Julián observó con detenimiento la calle de atrás y por primera vez pensó en lo poco apropiada que resultaba como contorno de la parte posterior de un hospital. Uno podía apreciar cierta claridad al otro lado de los tejados, pero el resto del lugar era oscuro y apretado, formado por pliegues de edificios anticuados que escondían rincones renegridos y grasientos. A aquella calle le faltaba vida. De algún modo, parecía levantada sobre ceniza. Era todo lo que uno jamás se esperaría encontrar al lado de un hospital. Justamente lo que en aquel momento necesitaba Julián.

Mientras apuraba su cigarrillo en aquella terraza, tres médicos entraron en la habitación de Lucía. Momentos antes, en un despacho de la séptima planta, uno de ellos había sugerido esperar a que llegase algún familiar. Opinaba, en concreto, que tal vez fuese mejor hablar primero con Julián. Los otros dos lo consideraron contraproducente.

Lucía se encontraba en la cama, anotando a lápiz en una libreta algunas frases de *Los años falsos*. Su médico abrió la puerta, saludó a Lucía asintiendo levemente con la cabeza y dejó paso a sus dos compañeros. Se despidió de alguien en el pasillo, entró tras ellos y cerró la puerta de nuevo por dentro.

—No son buenas noticias —dijo Lucía—. Para dar una buena noticia no se necesitan tres médicos. Para dar una mala tampoco, pero supongo que es una cuestión de apariencia y formalidad.

—Necesitamos que ahora estés tranquila —contestó el más joven—. Es importante que no haya dudas respecto a cuál es la situación.

—Definitivamente, no son buenas noticias.

Julián apagó el cigarro, desmenuzó unas monedas sobre la mesa, se despidió del camarero y bordeó el hospital sin prisa para acceder por la puerta principal. Antes de entrar se detuvo en el quiosco y compró el periódico. Comentó con alguien que en la calle de atrás, de donde él venía, todavía no hacía calor. «Está más recogida y rara vez le da de lleno el sol». Al llegar al vestíbulo saludó a uno de los celadores con los que a veces coincidía por las noches y se dirigió al ascensor.

Llegó a la séptima planta y cruzó el corredor despacio, con el periódico abierto, repasando los titulares. Hacia la mitad del pasillo notó cómo dos auxiliares lo observaban con escasa discreción desde el control de enfermería, siguiendo con la vista su recorrido, pero decidió no prestarles atención.

Continuó caminando sin acelerar el paso, fingiendo estar absorto en alguna de las noticias que había encontrado en las páginas de deportes.

Al llegar a la habitación se encontró a Lucía sentada en el borde de la cama, con la mirada clavada en el suelo, acompañada por alguien que resultó ser uno de los psicólogos del hospital.

—Les dejo solos un minuto —murmuró mirando a los ojos a Julián y colocando su mano fugazmente sobre su hombro—. Estaré aquí mismo, en el pasillo.

Julián depositó con suavidad el periódico sobre la cama de al lado, como si temiese romper algo, como si aquella habitación se mantuviese en un equilibrio precario e inexacto, y se colocó en cuclillas frente a Lucía sujetándole las manos.

—Lucía, qué pasa. Qué ocurre. ¿Te han dicho algo? ¿Qué ha pasado?

Julián notó cómo Lucía le apretaba con fuerza las manos. Volvió a preguntar. Ella le abrazó y apoyó su cabeza en su hombro. Julián volvió a preguntar.

QUINCE

El taxi giró a la derecha y Lucía dirigió una mirada seca a su balcón desde la ventanilla. Se encontraba a apenas unos metros, pero tuvo la impresión de hallarse muy lejos. El taxista se detuvo frente al portal, ella se bajó del coche y se quedó unos instantes sobre la calzada, observando el paso de peatones y el cruce que había un poco más allá. En silencio, se vio a sí misma saliendo del garaje con su ciclomotor rojo, colocándose el casco, deteniéndose a la altura del semáforo y saludando a Fernando con la mano. Lo siguiente que recordaba era una oscuridad profunda y vacía que poco a poco, en otro lugar, se fue llenando de ruido.

Habían pasado dos semanas desde el accidente. El apartamento parecía invadido por una extraña tristeza. Ocupaba sus rincones un silencio inmóvil, como de respiración contenida, aislado de un mundo que ocurría al otro lado de una trinchera de persianas cerradas. Las escasas líneas de luz que se escabullían hacia el interior fueron lo primero que Lucía vio al abrir la puerta. Julián había dormido allí dos días antes, pero ella tuvo la sensación de haber estado fuera varios meses.

Descorrió la cortina de la puerta del balcón y salió al exterior. Julián, todavía con las maletas en la mano, la observaba callado desde el pasillo. Ella se agachó y arrancó algunas hojas secas de los geranios. Como si lo hubiese hecho el día anterior y el anterior. Acarició con delicadeza las flores de uno de ellos, se incorporó para dejar las hojas sobre una mesita que había junto a la puerta y se giró de nuevo hacia la barandilla, en la que permanecería apoyada durante varios minutos, con la mirada y el pensamiento perdidos en algún punto más allá del horizonte.

Se moría. Era imposible. Injusto. Cruel. Pero se moría. Desde el día anterior, todas las preguntas en su mente habían adquirido de pronto una entonación sofocante y traidora. La mayoría de ellas no eran preguntas, sino certezas que sonaban a interrogación. Y las que sí lo eran, las que cualquiera en su lugar necesitaría gritarle al universo, carecían de respuesta. Lo único que existía era la tristeza. La tristeza y la nada. Y una sombra aterradora que comenzaba a cubrirlo casi todo. Saber que te estás muriendo es quizá lo único que nadie debería saber jamás.

No tardaría mucho en suceder. Unas quince o dieciséis semanas. Con suerte, dos o tres más. Muy poco tiempo para ser malgastado entre las paredes de un hospital. El jueves por la mañana Lucía tomó la decisión de marcharse a casa. Permanecer allí o someterse a medicación apenas lograría prolongar unos días lo inevitable. Apoyada en la barandilla de su balcón, contemplando un mundo finito, sin proyectos de futuro, sin grandes distancias, un mundo que por primera vez se mostraba menguado y al que, por primera vez, desde aquel balcón, se le distinguían los bordes y todo cuanto quedaba más allá de ellos, Lucía sintió miedo. La clase de miedo que uno siente cuando es un niño y se encuentra solo y perdido. Y pensó que lo único que quería era que la viniesen a buscar. Y que la llevasen a casa. Y que todo fuese otra vez como antes.

Ese miedo ya nunca la abandonaría. Se apoderaba de ella por sorpresa, en cualquier momento, en cualquier lugar. De repente, muy pocas cosas tenían sentido. Habían desaparecido los motivos. De qué servía nada de lo anterior si todo iba a borrarse de golpe.

«Ya está. Se acabó. Has tenido una oportunidad y nunca más volverás a tener otra porque no vas a regresar. Este es el tiempo que se te ha concedido. Y nada más. Te desvanecerás y ni siquiera serás consciente de haber existido.

Al mundo no le importa. Habría seguido girando sin ti. Qué sentido tiene haber formado parte de él si no volverás a verlo nunca. Qué más da desaparecer ahora que dentro de cuarenta años. Y sin embargo, no quiero. Necesito un poco más de tiempo. Verlo todo. Probarlo todo. Sentirlo todo. Exprimir cada minuto. Volver a ser feliz. Y de nuevo, de qué serviría, si no puedo llevármelo conmigo. Si un día mi memoria se extinguirá para siempre. Qué más da vivir que no vivir. Y sin embargo, no quiero. No tan pronto. No ahora».

Durante los días siguientes, Lucía se descubrió a sí misma varias veces llorando. No era un llanto desesperado. No había exceso ni afectación en él. Eran lágrimas mínimas, contenidas, que resbalaban despacio por su mejilla una a una, en un goteo sutil pero incesante. Lloraba al recordar el pasado. Y se preguntaba qué lógica había en aquello, ya que no podría echarlo de menos. Y se decía a sí misma que, de haber vivido veinte años más, tal vez ni siquiera se habría acordado nunca de todos esos momentos que ahora se atropellaban en su memoria. Y trataba de convencerse de lo absurdo de unas lágrimas que brotaban al pensar en lo que dejaba atrás o en lo que le quedaba por vivir, porque todo ello se descompondría con su propia consciencia. Pero no hallaba consuelo en la razón. No era capaz de contener su llanto. Tan sólo algunos días conseguía entender que lloraba, sencillamente, porque necesitaba llorar.

A veces Julián la escuchaba derrumbarse secretamente en otra habitación y notaba cómo algo se rompía dentro de él. Permaneció paralizado los primeros días, incapaz de asimilar la desgracia, como si el mundo transcurriese en otro plano y él lo observase a través de un cristal, desde el fondo de una pecera. Pero poco a poco la conmoción fue dando paso a la rabia, a la impotencia, a la pena y al dolor. Y llegó un momento en el que Julián sólo era capaz de sentir dolor. El dolor más hondo que había sufrido nunca.

Pasaba varias horas al día sentado en la butaca del salón con la cabeza hundida entre sus piernas, buscando algo a lo que agarrarse en mitad de aquella espesura, pero a su alrededor no había nada más que ramas secas y quebradizas.

Inútilmente, trataba de analizar la adversidad a través de una lógica falsa y desesperada, retorciéndola hasta lo absurdo, encajando esperanzas y conclusiones a golpes, como esos niños que introducen a la fuerza la pieza cuadrada en el hueco del círculo y viceversa. Adaptaba sus argumentos para que coincidiesen con las respuestas que buscaba y huía hacia adelante añadiendo más y más alturas, levantando todo un edificio de justificaciones sobre unos cimientos inclinados y movedizos. La única forma de mantener el equilibrio allí arriba era asumiendo que el resto del mundo estaba torcido. Por momentos, tenía la sensación de estar perdiendo el juicio.

DIECISÉIS

Lucía tardó un tiempo, quizá demasiado poco, pero terminó aceptando la realidad. Algunas noches era ella la que, después de muchas horas de conversación, cuando ya comenzaba a salir el sol, consolaba a Julián hasta que le vencía el sueño. Lo dejaba durmiendo sobre el sofá, se preparaba un café, se ponía una bata sobre los hombros y salía al balcón a ver amanecer. Y apoyada en su barandilla pensaba en todas las cosas bonitas que había hecho en su vida ignorando que era la última vez que las hacía. En la gente de la que se había despedido sin saber que era para siempre. En los lejanos parajes que había visitado y a los que no había dedicado una última mirada, confiando en que alguna vez regresaría. Había en sus pensamientos una rara mezcla de calma, melancolía y amargura. Sobre todos ellos planeaba, además, el recuerdo de un mismo lugar.

Aprovechó los últimos días de agosto para recapitular. Quería realizar, acaso por última vez, todo aquello que le apasionaba. Ser consciente del instante en que iba a vivir algunos momentos por los que, de otro modo, habría transitado como por tantos otros, desconociendo que no se repetirían. Quería volver a cenar con Julián en el restaurante donde celebraron su trigésimo cumpleaños, en aquella mesita para dos situada en el rincón de un jardín interior al que habían vuelto en una sola ocasión, al año siguiente. Quería volver a asistir a un concierto en su local favorito, dos calles más allá de su casa, donde Fernando la había llevado por primera vez un mes después de mudarse al barrio. Quería volver a ver a Santiago y abrazarlo y despedirse de él y hacerle prometer que siempre cuidaría de su hermano. Quería dejar escrita una carta para todos sus amigos y sus seres queridos, pero sobre todo para Fernando. Y en cada una de ellas incluiría una frase que había leído hacía mucho tiempo en *Los años falsos* y que reflejaba con exactitud la idea que ella tenía de la ausencia: «Tal vez el estar muriendo sea un rumor que puede no oírse, pero el morir es un silencio que tiene que ser escuchado». Quería ver sus películas favoritas y escuchar sus discos favoritos y leer sus libros favoritos por última vez. Quería preparar una tarta de chocolate, su tarta preferida, y comérsela cuando todavía estuviese caliente. Quería darse largos baños al atardecer y quedarse dormida en la bañera. Y quería volver a acostarse con Julián. Quería —y al mismo tiempo no quería— acostarse una vez más con el amor de su vida. Aunque fuese la última.

Pero Julián no estaba preparado para enfrentarse a algo así. A ninguna de esas cosas. Se negaba a admitir un futuro en el que no existiese Lucía. Se convencía a sí mismo de que nada de aquello estaba sucediendo. Algunas tardes, al despertarse de una siesta de varias horas que solía sustituir al descanso de las noches, Lucía se lo encontraba dormido sobre la mesa de la cocina junto a varios tomos de la enciclopedia médica subrayados de forma compulsiva en diferentes páginas y un desorden desesperado de papeles repletos de apuntes, indicaciones y tachones.

Julián se había convertido en prisionero de su negación y su resistencia.

DIECISIETE

El primer martes de septiembre Lucía durmió todo el día. Se echó un rato sobre la cama antes de comer y se despertó de noche, poco antes de las diez. Se levantó de la cama, recorrió el pasillo a tientas, con la luz apagada, y descubrió a Julián durmiendo a oscuras en el sofá del salón, sujetando sobre su pecho algunas revistas de medicina natural que había retirado de la biblioteca. A su lado, sobre la mesita, había dos platos de macarrones fríos.

—¿Cuánto tiempo llevo durmiendo? —balbuceó Julián mientras volvía en sí.

—No lo sé —dudó Lucía—, yo también he dormido hasta ahora. Pero no me ha resultado muy difícil despertarte, así que imagino que bastante.

—Recuerdo que iba a llamarte para comer a eso de las cuatro, pero comencé a encadenar artículos, uno tras otro, me recosté un momento en el sofá para seguir leyendo y debí de quedarme traspuesto. Supongo que estaba exhausto... Necesitaba descansar un poco.

Julián se incorporó, dejó las revistas sobre una mesita, encendió la lámpara que estaba encima y regresó desganado al sofá. Lucía se sentó con cuidado junto a él.

—Julián, esto no puede ser. —Mientras hablaba, Lucía colocó sus manos sobre las de Julián—. Ya han pasado tres semanas desde que salí del hospital y tú apenas te mueves de casa. No duermes. No vas a trabajar. Te arrastras de la cama al sofá y del sofá a la cama. Apenas comes. No quieres ver a nadie. Fernando lleva días preguntándome por ti.

—Me da igual Fernando, Lucía. No me importa Fernando.

—Eso no es cierto, claro que te importa. Igual que tú le importas a él. Es normal que esté preocupado. Yo también lo estoy. Te pasas los días leyendo sobre medicina, aferrándote a un espejismo.

—¿Y qué se supone que debo hacer, Lucía? —Su voz comenzó a agrietarse—. ¿Quedarme de brazos cruzados? ¿Sentarme a esperar? Quedarme inmóvil mientras tú…

Julián no se sintió preparado para terminar esa frase en voz alta.

—Yo necesito que reacciones. Necesito que estés a mi lado. Te necesito aquí, conmigo, no perdido entre enciclopedias y falsas esperanzas.

—Sólo trato de encontrar una solución.

Julián se levantó, recogió los platos y los llevó a la cocina para intentar zanjar la conversación.

—Ya lo sé, Julián... Pero los dos sabemos que esa solución no existe.

La serenidad con la que Lucía pronunció esas palabras resultaba tan admirable como turbadora. Se lo decía a sí misma, pero se lo decía sobre todo a Julián. Su intención no era iniciar una discusión, no esperaba una respuesta por su parte, pero sí necesitaba que comenzase a afrontar la realidad.

Al cabo de unos segundos de incertidumbre, se escuchó a Julián saliendo por la puerta de casa, cerrando esta tras de sí de un portazo y marchándose escaleras abajo.

Consternado, deambuló por la ciudad durante algo más de una hora. Primero caminando en círculos alrededor del barrio. Después acercándose al centro poco a poco, trazando un itinerario errático a través de callejuelas secundarias, todas ellas viejas y rotas, aplastadas bajo décadas de ladrillo y hormigón. Paseaba en medio de la gente sin rumbo fijo, diluido entre las luces de los coches, los escaparates y los semáforos. Quiso entrar en un bar, pedir un whisky y luego otro, emborracharse trágicamente, pero decidió que lo único que lograría sería arrepentirse. Caminó a paso lento hasta la cabina más próxima y telefoneó a Santiago.

No se disculpó con él por la hora, como acostumbraba a hacer cuando lo llamaba tan tarde. Tampoco lo saludó. Solamente le preguntó si podrían verse aquella misma noche. Santiago llevaba varios días sin conseguir hablar con Julián. Desde hacía un par de semanas era la propia Lucía quien se encargaba de mantenerlo al corriente de todo. Sin dudarlo un segundo, accedió y se citaron en un parque cercano a su casa. Cuando apareció, diez minutos después, visiblemente preocupado, vestido con lo primero que había encontrado, se encontró a Julián sentado en el respaldo de un banco, con los pies sobre el asiento y los codos apoyados sobre las rodillas, observando el precipicio. Al ver a Santiago se levantó, caminó unos pasos hacia él, apoyó la cabeza sobre su hombro y comenzó a llorar.

—No sé qué hacer, Santi —pronunció entre sollozos—. Me siento profundamente perdido.

Santiago lo estrechó con fuerza entre sus brazos y tuvo la sensación de estar abrazando un cuerpo quebradizo, a punto de fracturarse en cientos de pedazos. Enseguida comprendió que estaba ocurriendo lo que llevaba tiempo presintiendo que sucedería. Desde el mismo instante en que le habían comunicado el diagnóstico de Lucía comenzó a temer que Julián no fuese capaz de soportarlo. A presagiar que se negaría a aceptarlo hasta el último día, cuando ya no hubiese más remedio, tras varias semanas de dolor, de angustia y de confusión. Pero a pesar de ello, a pesar de los demonios de Julián, contra los que tal vez era ya imposible luchar, Santiago era consciente de que lo único que tenía importancia ya era Lucía. Carecía de sentido preocuparse por nada más. Y si alguien debía tener aquel pensamiento presente en todo momento era Julián. Sintiese el miedo que sintiese. Se encontrase todo lo perdido que se encontrase.

Después de unos minutos de silencio, de pequeños gestos de consuelo, Santiago condujo a su hermano de nuevo hasta el banco, lo sentó a su lado y le sujetó con fuerza las manos.

—Siempre he pensado, Julián —comenzó a decir Santiago—, que en mitad de la tempestad, cuando todo da vueltas por los aires a tu alrededor, tal vez lo único razonable que se puede hacer es no soltarle la mano jamás a un ser querido.

Julián lo miró confundido. Al cabo de unos segundos, Santiago añadió:

—Puedo imaginar por qué estás aquí, pero este no es el lugar en el que tendrías que estar. Sólo ella es importante ahora. Y si hay algo que no la ayuda es que tú te pelees contra la realidad. —Santiago soltó con cuidado las manos de su hermano—. Nadie debería pasar por esto solo, Julián. Absolutamente nadie. Pero mucho menos Lucía.

El parque en el que se hallaban lindaba por un lateral con una avenida y con una calle estrecha por la parte de atrás. El tráfico de la noche, convertido en un murmullo, continuaba inalterable. A lo lejos, una pareja joven paseaba a sus dos perros. Un par de vecinos fumaban en las ventanas de enfrente. Todavía desorientado, Julián dirigió la vista al cielo nocturno y emitió un lamento sordo y contenido que sonó a agotamiento y a resignación. Era el quejido vacío de quien empieza a comprender que su lucha es estéril. De quien entiende que nadie puede resistirse para siempre a lo inevitable. De quien comienza a claudicar.

—Lo que dices es que no tengo más remedio que aceptar la única cosa que jamás seré capaz de aceptar.

—Lo que digo es que pienses solamente en lo que ahora es mejor para Lucía. Y en nada más.

—Pero no es justo, Santi —lloró Julián—. Ella no se merece nada de esto... No es justo.

—Claro que no lo es.

Santiago pasó su brazo por encima de los hombros de Julián y lo abrazó con firmeza. La pareja joven y sus dos perros abandonaron el parque al cabo de un rato. En las ventanas de enfrente ya no había nadie fumando. Los dos hermanos se quedaron sentados en aquel banco hasta medianoche sin decir nada más, únicamente rodeados por la ciudad.

DIECIOCHO

Julián regresó a casa de madrugada. Abrió la puerta, dejó las llaves y la cartera sobre una mesilla y se fue directo al cuarto de baño. Mientras se duchaba, Lucía preparó una infusión y salió a sentarse en el balcón. Contempló el cielo y pensó que aquella era la noche más hermosa de todo el verano. Julián apareció poco después y se sentó a su lado. Los dos permanecieron un rato callados.

—Me gustaría hacer un último viaje, Julián.

Él bajó la mirada, pero no dijo nada. Solamente pensó en lo aberrante que sonaba ese «último». Ese adjetivo desgarrador que desde hacía tres semanas acompañaba a casi todos los sustantivos.

—Me gustaría volver a la aldea en la que pasé aquel verano cuando era niña.

Julián cerró los ojos, frunció el ceño y respiró profundamente. Cada propósito, cada deseo de Lucía era como un puñal que se clavaba un poco más en sus entrañas.

—Es algo que necesito hacer. Tal vez desde hace demasiado tiempo.

Hubo varios minutos de silencio. De coraje y de frustración. Al cabo de un rato Julián levantó la vista y, mirando al frente, sabiendo que con su respuesta no sólo aceptaba el viaje, sino también todo aquello que hasta ese momento se había negado a asumir, accedió:

—Me parece bien. Podemos ir a pasar allí unos días si quieres. Prepararé todo de aquí al domingo y saldremos la próxima semana.

Lucía apoyó su infusión en la mesa, giró suavemente la cara de Julián hacia la suya con las dos manos y le dio un beso en los labios. Él se levantó y se marchó a la cocina con el pretexto de preparar algo de comer. Lucía se quedó un rato en el balcón, observando los geranios y recordando —no sabía muy bien por qué— el domingo que colocaron las macetas y dieron por terminada la mudanza. Dudó entre irse a la cama, echarse a leer en el sofá del salón o ayudar a Julián en la cocina, pero lo único que le apetecía en aquel momento, como tantas otras veces, era contemplar el cielo sin hacer nada.

DIECINUEVE

Lucía tenía trece años cuando falleció su abuela. A veces quería acordarse de ella, pero al cerrar los ojos su cara se desintegraba como un reflejo en un estanque agitado, y se convertía de repente en otra cara distinta y esta a su vez en otra, todas ellas parecidas entre sí pero nunca exactamente la misma. Otras veces era capaz de recordar sus ojos, que eran al mismo tiempo tristes y felices, pero aparecían en un rostro vacío, raso, carente de nariz, pómulos o labios. Si se concentraba en sus manos, su voz se desvanecía. Si se concentraba en su voz, todo lo demás se desvanecía. Era como si no pudiese verla, sólo intuirla. Como si bastase con mirarla para que se deshiciese. A menudo Lucía tenía la impresión de ser una intrusa en un sueño convulso y febril. Había en ello algo insoportable.

Puede que el recuerdo más vivo que tuviese de su abuela fuese el de no haber asistido a su entierro. Una mañana de sábado, poco antes de levantarse de la cama, su madre entró en la habitación y, sin encender la luz, procurando no hacer ningún ruido, casi como si desease que Lucía no se despertase del todo, se colocó en cuclillas a su lado y, entre susurros, le preguntó si quería acompañarla.

—Ha muerto la abuela Carmen, Lucía. Cogeré un tren dentro de un par de horas. ¿Quieres venir conmigo al funeral?

—No.

Años más tarde, Lucía se preguntaría por qué nunca llegó a lamentar la muerte de su abuela. Por qué nunca llegó a sentir dolor o tristeza. Le daba miedo que hubiese algo extraño en su reacción. Algo poco humano. Incluso sombrío. Pero lo único que había era distancia. Para aquella niña, su abuela apenas había existido cuatro o cinco semanas durante el verano anterior. En su casa tan sólo se escuchaba su nombre de vez en cuando, murmurado entre reproches al otro lado de alguna puerta cerrada. Jamás había estado de visita. Ellos tampoco habían ido nunca a verla, salvo el verano que Lucía y su madre pasaron con ella en la aldea. Cuando falleció, al principio de la primavera siguiente, todo lo que tenía que ver con ella, su nombre, el pueblo, incluso aquel verano en familia, volvió a encerrarse bajo llave junto a otros muchos trastos viejos y recuerdos olvidados.

La de Carmen y su hija Rosario siempre había sido una relación deteriorada. Hay un límite difuso a partir del cual el cariño entre una madre y un hijo adopta a veces la forma del desprecio. Es una manera torcida y enferma de quererse. La de quienes están unidos únicamente por el más íntimo resentimiento. Hasta que un día cualquiera, cuando menos te lo esperas, este se acaba y en su lugar no queda nada. Y el lazo se rompe para siempre.

Carmen no fue capaz de perdonar a su hija que dejase de odiarla y se marchase de casa a los diecinueve años. Guardarse rencor es una de esas cosas que debe hacerse en persona. Todos los días. A cientos de kilómetros es imposible reprocharse nada a la cara. Una tarde, Rosario recibió una carta en la que su madre le decía que no quería volver a saber nada de ella. No comprendía —no quería comprender— por qué la había dejado sola. Rosario, por el contrario, pensó que la lejanía era lo único que había logrado no apartarla del todo de su madre. De haberse quedado a su lado ya no sentiría por ella nada más que indiferencia. Sin embargo, obedeció y, durante muchos años, Carmen apenas fue una dolorosa imagen del pasado. Hasta que ambas, madre e hija, entendieron que Lucía no tenía por qué cargar con las consecuencias de decisiones que no había tomado.

Aquel año Lucía y su madre pasaron el verano en la aldea con Carmen. Desde mediados de julio hasta mediados de agosto. En la memoria de Lucía se registraron las noches frescas, las risas con Antón, la presencia imponente de las montañas, a las que siempre imaginaba recostadas sobre los valles como perezosos gigantes de roca y de tierra. Pero también las discusiones entre su madre y su abuela, la rabia injusta contenida en sus palabras desde hacía décadas, la desproporción de sus acusaciones y la ausencia de remordimiento. Cuando regresaron a casa un mes más tarde, Rosario sintió que nunca había estado tan lejos de aquella mujer que en otro tiempo había sido su madre.

Carmen enfermó medio año después y falleció a principios de abril. Quizá por obstinación, quizá por arrepentimiento y desconsuelo, Rosario exigió que no se volviese a hablar de ella. Ni del pasado. Ni siquiera de aquel verano. Lucía aparcó sus recuerdos casi sin querer, presa de una inercia dispuesta por su madre, y poco a poco sus vivencias, su relación con su abuela, aquellos días felices en el pueblo fueron cubriéndose de polvo y de arena y de tiempo, como cadáveres abandonados en medio del desierto.

Jamás había sentido la necesidad de regresar. Ni siquiera de mirar atrás. El único recuerdo que la había perseguido durante aquellos años era el entierro de su abuela. Pero cuando su madre murió, algo incontrolable se revolvió en lo más hondo de su conciencia. Y comenzó a darle vueltas al concepto de identidad. Y a pensar en cuánto sabía en realidad de sí misma. La sola idea de sentirse tan despegada de su historia la atormentaba algunas noches de insomnio. Sin darse cuenta empezó a buscar la respuesta a preguntas que jamás se había hecho. Un proceso injusto que la condujo durante un tiempo por caminos cada vez más ciegos y más sordos, hasta que un día, poco antes de mudarse al apartamento con Julián, decidió que su alivio pasaba por regresar alguna vez a aquella aldea y hallar un principio, una causa, una raíz a partir de la cual comenzar a averiguar quién era ella.

Tal vez el verano siguiente, se dijo la primera vez que se detuvo a observar las estelas de los aviones desde su balcón. Tenía —o eso creía— todo el tiempo del mundo.

VEINTE

Se hace raro estar viajando hacia un lugar que no sabemos muy bien dónde se encuentra ni cómo se llama. Es como viajar hacia la nada.

Lucía no contestó. Contemplaba el cambio gradual del paisaje desde la ventana del autobús a medida que se iban acercando a las montañas. Ya había tenido esa conversación con Julián durante el fin de semana. Y esa misma mañana al levantarse. Y en la estación antes de salir. Estaba un poco cansada de aquella conversación. Pero Julián necesitaba subrayar la incertidumbre. Sentía que así la normalizaba. Que de este modo aparentaba cierta naturalidad. En el fondo encontraba inquietante saber tan poco sobre su destino. Ignorar si existía algún plan, alguna idea sobre los pasos a seguir. Se veía a sí mismo como un errante. Como alguien que no se dirigía a un lugar, sino que huía de otro. A Lucía, todavía distante, le molestó la comparación. Tal vez porque, a fin de cuentas, era cierta.

El pueblo tenía el nombre de un santo. «San no se qué de no sé cuántos», dudó Lucía la primera vez que le habló de él a Julián, un año y medio después de fallecer su madre, cuando la idea de volver allí algún día ya se había clavado en alguna parte de su voluntad. A Julián le sorprendió no haber escuchado a Lucía mencionar aquella aldea ni una sola vez desde que se conocían. También le extrañó que ignorase el nombre exacto del pueblo. En realidad, todas las aldeas de la zona, compuestas por apenas un puñado de casas, tenían el nombre de un santo. Y cada municipio estaba formado por más de treinta o cuarenta aldeas. En su relato, además, ella había omitido el conflicto entre su madre y su abuela, así como el hecho de no haber tenido noticia alguna del pueblo hasta los doce años y de haber sido forzada a olvidarlo desde los trece. No le contaría toda la historia a Julián hasta dos años más tarde, durante su segundo verano en el piso. Salvo algunas noches largas de vino y tabaco, apenas volverían a hablar de ello nunca.

—Tengo la sensación de formar parte de este lugar —musitó Lucía mientras el autobús se adentraba en Galicia y la carretera se enroscaba alrededor de colinas, valles y riachuelos—. Es como si lo conociera. Como si de algún modo extraño estuviese conectada a él. Me resulta intensamente familiar.

Julián dormitaba desde hacía un rato, pero al escuchar a Lucía abrió los ojos y se quedó observándola como si le pareciese otra persona.

—Sé que no tiene mucho sentido, pero creo reconocer estos campos. Los veo y siento una clase especial de nostalgia. —Sus pensamientos parecían hundirse en algún lugar al fondo del paisaje—. Me pregunto si es posible echar de menos algo que no se ha tenido. Si es posible echar de menos aquello que no se ha vivido.

—Tal vez te convendría dormir un rato, cariño. Todavía nos quedan más de tres horas de viaje. Deberías intentar descansar.

Lucía subió las piernas al asiento, apoyó su cabeza sobre el hombro de Julián y se durmió.

VEINTIUNO

Julián despertó a Lucía al entrar en la estación de autobuses. Un par de kilómetros antes, el conductor le había hecho una señal por el espejo retrovisor indicándole que se acercaba su parada. Sólo dos señoras se bajaron con ellos en aquella villa. El resto de viajeros reanudaron su trayecto hacia la costa unos minutos después.

Lucía y Julián recogieron sus maletas y se adentraron en el centro del pueblo. Empezaba a hacerse de noche y las calles los recibieron en silencio, casi con recelo, observándolos desde el otro lado de alguna contraventana entrometida. Mientras cenaban algo en la cafetería de la pensión, Julián opinó sobre el particular carácter de los viajes en autobús:

—Permaneces encerrado durante varias horas en un habitáculo pequeño con un montón de gente. En cualquier otra situación, si las circunstancias fuesen similares a esas, si tuvieses que compartir con esas personas un espacio igual de reducido durante tanto tiempo, hablarías con ellas, mantendrías una conversación más o menos educada, intentarías no parecer muy distante. Es lo que uno hace, por ejemplo, en un ascensor. Y ello a pesar de que su trayecto dura apenas unos segundos. Su recorrido es tan breve que hasta resulta comprensible que nadie inicie un diálogo. Y sin embargo lo haces. Conversas. Comentas cualquier asunto por una sencilla cuestión de cortesía. Podría decirse que, de forma temporal, ya se trate de un ascensor, un coche o un autobús, a los compañeros de viaje los une una íntima relación de convivencia. Pero en el caso de un autobús esta es fría, lejana, casi grosera. Uno no siente la necesidad de ser amable. A nadie le importa generar un clima agradable ni hacer sentir cómoda a la persona que viaja a su lado. Creo que, en el fondo, no hay mucha diferencia entre el vínculo que une a unos desconocidos en un autobús y el que une a veces a los matrimonios rotos.

Lucía comentó superficialmente la reflexión de Julián, que consideró pertinente pero inexacta, y divagó un buen rato sobre las contradicciones del comportamiento humano. Julián la escuchaba con atención mientras mordisqueaba el borde de un bizcocho revenido. Parecía una noche cualquiera, como tantas otras, pensó. Durante un momento lo invadió una dolorosa sensación de normalidad.

Se despertaron alrededor de las doce de la mañana, bebieron un café en la pensión y caminaron hasta el mercado de abastos. Lucía recordaba que allí cerca, en una de las calles adyacentes, había un mesón en el que finalizaba su ruta un coche de línea que ella y su madre habían cogido tres o cuatro veces aquel verano, cuando había sido necesario bajar a la villa para comprar aceite, sal, azúcar y otros productos que solían escasear en la aldea. Después de dos o tres vueltas por la zona, justo cuando Julián comenzaba a desesperarse, Lucía reconoció su viejo letrero en la esquina de una pequeña plaza contigua al mercado: «Casa Castro».

Apenas había cambiado en dos décadas. Conservaba su mismo aspecto destartalado y el ambiente bullicioso de los lugares de paso. Al fondo de la barra resistían un par de ventanillas desde las que se vendían los billetes para el coche de línea. Ya sólo una permanecía en funcionamiento. En las sillas se sentaba gente recién llegada, gente que esperaba a quienes estaban a punto de llegar y gente que mataba el tiempo antes de partir. De la cocina provenía un inconfundible olor a frituras recalentadas y pescado rancio. Tal vez aquel aroma llevase allí encerrado más de veinte años. Los hombres fumaban y bebían vino en taza; algunas mujeres, manzanilla. Desde la puerta, Julián encontró el lugar un tanto anacrónico pero al mismo tiempo cautivador. Se unió a Lucía en la barra y pidieron un par de refrescos.

—Se llama San Martín de algo o San Andrés de algo o San Pedro de algo —le explicó a voces Lucía al camarero, intentando hacerse escuchar en medio del alboroto del mesón—, no lo recuerdo bien.

—Ni bien ni mal, me parece —se burló.

—El pueblo lleva el nombre de un santo.

—¿Ahora estamos jugando a las adivinanzas?

—Oiga, ¿no hay ninguna aldea cercana que se pueda llamar así?

—¿Con el nombre de un santo? ¡Hay docenas, *miña nena*!

—Vamos a ver, era un pueblecito muy pequeño, de unas veinte o treinta casas, en la ladera de una montaña. Estaba en la ruta que hacía entonces el coche de línea.

—¿El nuestro? ¿El de la empresa Castro?

—El que salía de esta taberna, sí.

—Pues lleva realizando el mismo trayecto desde hace más de treinta años, así que, si la aldea estaba en la ruta cuando tú dices, todavía lo está.

Lucía abrió los ojos con sorpresa y echó un vistazo al reloj que había en la pared.

—¿A qué hora sale el próximo autocar?

—En una hora, alrededor de las tres.

—¿Quedan billetes?

—Creo que sí, pregunta en la ventanilla.

—¡Muchas gracias!

Algo más de una hora después, Lucía y Julián se desplazaban en autocar por una estrecha carretera secundaria cubierta de árboles que ascendía por la falda de una montaña. El vehículo ocupaba casi toda la anchura de la calzada. Era incómodo y ruinoso y de una cachaza insoportable. Cada tres o cuatro minutos se detenía en una marquesina, despedía a un par de pasajeros y retomaba su ritmo flojo y accidentado.

El camino se apretaba contra una rampa casi vertical y pletórica de vegetación. Por las ventanillas de la derecha se veían regueros de agua que resbalaban por la pared y desembocaban en un gran río que se divisaba por las ventanillas opuestas en lo más profundo del valle. Desde que abandonaron la villa y comenzaron a subir, la pendiente no había concedido ni una sola tregua.

No tardaron en llegar a una zona más abierta que permitía a la carretera alejarse un poco del desnivel para continuar ascendiendo a través de algunos prados y bancales. Se distinguían los primeros viñedos y maizales. El valle, antes errático, ensortijado y salvaje, parecía ahora asequible e inmenso. Por primera vez, Lucía reconoció algunos grupos de casitas desperdigados a lo largo de la cordillera, en la parte alta de la ladera, cerca de las cimas. Ya había visto esa imagen con anterioridad. Comprendió que se estaban acercando.

El autocar se detuvo en la enésima marquesina unos kilómetros más adelante. La carretera continuaba entre los árboles, pero de ella salía una pista de tierra que rodeaba un pequeño campo de cultivo y conducía a una vieja iglesia. Frente a la marquesina, otra calzada perpendicular subía hacia lo alto de una colina y se perdía en un tupido bosque de castaños. El autocar reemprendió la marcha y Lucía se quedó observando aquel cruce de caminos desde su ventanilla con mirada pensativa, un poco nerviosa, dudando de si era aquel el lugar que estaba buscando o sólo estaba viendo lo que quería ver.

Al doblar la primera curva, bordeando el final de la vereda que provenía directamente desde la iglesia, el autocar pasó al lado de una chabola abandonada de cuya puerta colgaba una lámina de metal. Tenía encima varios años de óxido, de lluvia y de frío, pero todavía se podía adivinar una leyenda en ella: «Bar Avelino». Lucía se levantó de repente de su asiento y, como si se tratase de una epifanía, exclamó: «¡Es aquí!».

El conductor detuvo el autocar un poco más adelante, exhortado por Julián. Lucía recogió las dos mochilas del portaequipajes y bajó en primer lugar sin pronunciar una sola palabra ni esperar a nadie. Julián, mientras tanto, quizá para recalcar la trascendencia del momento, se disculpó desde la puerta con el resto de pasajeros por haber interrumpido de un modo tan inapropiado el recorrido del coche de línea. La marquesina estaba unos cuatrocientos metros más atrás y Lucía caminaba con decisión hacia ella. Al llegar a su altura, Julián quiso asegurarse de que se habían apeado en el lugar correcto.

—Creo que sí —contestó Lucía con cierta sequedad, señalando la chabola medio derruida que se hallaba junto a la carretera.

—¿Crees que sí? ¿Cómo que crees que sí? ¿Lo crees en el sentido de que estás convencida de ello o es que has tenido un pálpito? Ahora mismo no tenemos forma de volver a la villa, Lucía.

—Recuerdo esa choza de madera y su cartel. Era una cantina en la que también se vendían algunos alimentos. Si no me equivoco, conservas y salazones, sobre todo. Entré alguna vez con mi abuela. Siempre estaba llena de gente de otras aldeas que venía hasta aquí a comprar o a beber.

—¿Y dónde está el pueblo?

—Desde aquí no lo vemos. Debería estar detrás de los castaños, sobre esa colina.

—¿Debería estar? ¿Y si no lo está?

—Cómo ha cambiado esto... —murmuró Lucía con cierto asombro e ignorando deliberadamente a Julián—. Hace veinte años, la calzada que ves ahí delante no era más que un camino de tierra como aquel de allí, el que conduce a la iglesia. Por eso me ha costado estar segura. Por todos estos pequeños cambios. Por esa marquesina, por las líneas de la carretera... Entonces esto no estaba asfaltado. Donde está esa pradera llena de maleza, en aquella época había una cabaña que usaban los pastores y los leñadores. No había una señal de tráfico en esa curva. Ni había cunetas. Es imposible no dudar.

Subieron por la carretera que había frente a la marquesina, cruzaron la arboleda y, unos minutos más tarde, llegaron a la aldea. Lucía distinguió enseguida una de las casas al final de un herbazal. Todo estaba igual, pero distinto. La calle principal que cruzaba el pueblo era ligeramente más ancha. Donde antes había tierra, ahora había pavimento. Se habían construido algunas aceras e instalado farolas. La fuente había sido empedrada y alrededor del caño de latón se habían colocado azulejos decorativos que formaban un rudimentario mosaico. Por primera vez desde hacía bastante tiempo, Lucía fue consciente de que tanto allí como en su propia vida habían transcurrido veinte años.

VEINTIDÓS

Al cabo de un rato, después de recorrer buena parte de la aldea, comenzó a ser evidente que varias casas habían sido reformadas. La mayoría se conservaban intactas, pero algunas habían sufrido modificaciones o habían sido ampliadas.

Para asombro de Lucía, en el lugar en el que se hallaba la de su abuela se levantaba ahora un enorme chalé rodeado por una considerable extensión de terreno cerrado que invadía la zona del monte colindante con el pueblo. Bajo sus grandes setos y jardines, enterrado en alguna parte de la memoria, se encontraba también el sendero del bosque.

La decepción de Lucía era máxima. Ella jamás había considerado siquiera la posibilidad de que la casa de su abuela ya no existiese. De que aquel lugar que la unía a su pasado, a su propia historia, hubiese sido reducido a polvo. De repente la embargó la sensación de haber llegado al final de una correa que no le permitía avanzar ni un solo centímetro más. La angustiosa sensación de tener algunas respuestas delante de ella, de rozarlas con la yema de los dedos, pero de no ser capaz de agarrarlas. Hundida, con la vista puesta en esa edificación salida de la nada, Lucía olvidó por un momento que el único camino que no estaba preparada para emprender era el del regreso.

—No sabía que mi madre la había vendido.

—Supongo que llega un momento en el que uno necesita soltar lastre —improvisó Julián tras dudar durante unos segundos—, seguir adelante, dejar parte de su historia atrás.

—Pero podía habérmelo dicho.

—Ella ni siquiera quería que hablaseis de este lugar, Lucía.

—Tenía que habérmelo dicho.

—¿Habrías vuelto?

—Al pueblo sí, pero tal vez no habría vuelto aquí. Siento que he estado persiguiendo a un fantasma, el eco de un lugar que ya no existe, que ya no es mío —lamentó Lucía mientras se sentaba en el suelo, frente al portón de la finca.

—Bueno. —Julián se sentó a su lado—. Al menos hemos encontrado la aldea y estamos aquí, en el lugar al que querías regresar. La importancia de este sitio no ha cambiado.

—Pero necesitaba tanto volver a ver aquella casa, Julián... —Lucía hablaba despacio, absorta en sus recuerdos, como si tuviese ante sus ojos las esquinas de un lugar que ya no estaba—. Necesitaba volver a tocar sus paredes de piedra.

A sentir aquel tacto frío y antiguo de sus paredes de piedra. Necesitaba volver a sentarme en el patio de atrás, como cuando era niña. Y volver a recorrer el sendero que cruzaba el bosque y que ahora ha desaparecido —gimió.

Disimulando su propia tristeza, Julián le levantó la barbilla con un dedo y le sonrió. Lucía le acarició la mano, se puso en pie y se acercó hasta el borde del camino para contemplar desde allí el valle y las laderas de las montañas de enfrente.

Ella sabía que el significado de la casa era solamente el que ella misma le quisiese dar. Que en el fondo no era más que un símbolo. Que lo que había ido a buscar en aquel pueblo era mucho más. Llevaba varios años sintiendo —y al mismo tiempo, temiendo— la necesidad de regresar a aquel lugar. Pero no solamente por aquella casa, ni por sus paredes de piedra, ni por sus jardines, ni por su patio de atrás. Ni siquiera por los recuerdos que habían quedado enterrados para siempre con ella. Con lo que realmente necesitaba reencontrarse Lucía era con aquel verano que había pasado allí cuando tenía doce años. Con aquellas semanas en las que una vez sintió que cabía toda una vida. Aquellos días en los que no existía el tiempo, en los que había sido plenamente feliz.

Y aunque la casa y el camino sólo fuesen ahora una ilusión, un pequeño resto de todo aquello, por lo menos eran algo a lo que todavía se podía agarrar. A lo que todavía se podía sujetar con firmeza mientras el suelo temblaba. En aquella aldea de calles asfaltadas, aceras y farolas, de casas reformadas y ampliadas, no quedaba casi nada de ese verano que había ido a buscar. Tan solo algunos reflejos efímeros.

Algunas voces repetidas una y otra vez en el tiempo. Y mientras contemplaba el otro lado del valle desde el borde del camino, pensó que tal vez aquello, únicamente aquello, era ahora todo cuanto le quedaba.

Unos cuantos recuerdos imprecisos. Las inmensas laderas de las montañas.

Y el río.

—Al menos todavía podemos buscar el río —suspiró Lucía girándose hacia Julián.
—¿El que estaba al final del camino? ¿En el que se bañaban los niños del pueblo?
—El río donde estaba la poza, claro.
Lucía volvió a sentarse al lado de Julián.
—Pero acabas de decir que ya no hay sendero, Lucía. Que esta casa y su finca lo han sepultado.
—Sí, ya lo sé. Pero el río no puede haber desaparecido. Exista o no un camino, tiene que estar en el mismo sitio.
—No estoy seguro de que sea buena idea. Es demasiado arriesgado...
Un poco inquieto, Julián se encendió un cigarro.
—¿Alguna vez has recorrido los caminos de un bosque? —prosiguió Julián—. Cada uno de ellos se pierde en otros y estos a su vez en otros tantos. Sería imposible ubicarse bien entrando por una zona distinta. Una vez en su interior, todo parece igual. Es como intentar encontrar un

pendiente perdido en una playa. Ese río podría estar en cualquier parte.

—Pues tendremos que encontrar la forma de llegar.

—¿Y qué hacemos si nos perdemos? ¿Sabe alguien que estamos aquí? ¿Quién acudiría en nuestra ayuda?

Aquel exceso de cautela comenzó a decepcionar a Lucía.

—A lo mejor crees que esto no es más que un capricho, Julián, pero no lo es. He pensado muchas veces en ese río. Especialmente en los últimos días. Todo lo que me une a él forma parte de lo que he venido a buscar.

—Yo pensaba que habías venido a buscar esta aldea, sin más.

—He venido a buscar algo que encontré aquí hace mucho tiempo. Algo que tenía que ver con esa casa y con esa aldea que ahora ya no existen... Pero también con ese río.

—Eso no convierte en más sensata la idea de ir a buscarlo.

Lucía se puso en pie de nuevo, cada vez un poco más agitada.

—Necesito encontrar ese río, Julián.

—¿No podemos sentarnos y discutirlo con calma?

—No. Se hace tarde y necesito encontrarlo. O por lo menos saber que está ahí, que puedo llegar a él... Y después ya veremos. ¿Cuál es la otra opción? ¿Quedarnos aquí parados, delante de este portón?

—Al menos esa opción sí es sensata.

Lucía se alejó unos metros y resopló con impaciencia.

—Esto es importante para mí, Julián. Es lo único que puedo hacer aquí ya. No vengas conmigo, no importa. Pero yo necesito encontrar ese río.

—Ir tú sola es una idea todavía peor.
—Yo necesito encontrarlo, Julián...
—No pienso dejar que entres en el bosque tú sola.
—¡Pero yo necesito encontrarlo!

El tono de Lucía era nervioso y apremiante. Lo era desde que habían llegado a Galicia, como si aquella búsqueda hubiese dado rienda suelta a una obsesión. La forma en que comenzaba a comportarse, tanto en el mesón como en el autocar, pero sobre todo en aquel instante, preocupaba cada vez más a Julián.

—Necesito volver a ese río por última vez.

El ruido de un coche interrumpió en ese momento la conversación. Un viejo R8 de color azul cielo apareció a lo lejos, en la calzada que unía la carretera principal con la aldea. Era imposible no escuchar el sonido roto y herrumbroso de su motor. Un hombre de mediana edad se quedó observándolos desde el asiento del conductor al pasar a su lado. Detuvo el coche unos metros más adelante y se bajó.

No parecía apresurado. Antes de decir nada, se ajustó la cintura del pantalón junto a su coche, dirigió una mirada a las montañas del otro lado del valle y carraspeó con intensidad. A Julián le pareció una tos sucia. Como llena de hollín. Pensó que no había mucha diferencia entre los bronquios de aquel hombre y el motor de su vehículo.

—Buenas tardes. ¿Se han perdido?
—En realidad, no. —Julián se levantó y se acercó a estrechar la mano del hombre que parecía interesarse por ellos—. Aunque tampoco estamos en el lugar adecuado.

—Buscábamos una casa que había aquí hace veinte años —resumió Lucía.

—Pues me temo que llegan un poco tarde. Compraron los terrenos a varios vecinos hará unos quince años y construyeron esta casa de campo.

—¿Y sabe cómo podría ponerme en contacto con los dueños?

—No, lo siento. Tampoco es que vengan mucho por aquí, honestamente. Esto está casi abandonado.

Lucía se pasó las manos por el cabello formando en él varios surcos y exhaló un suspiro de abatimiento que llamó la atención de Julián.

—En realidad, además de la casa estábamos buscando un sendero que conducía hasta un río en el medio del bosque —comentó Julián—, pero parece que ha quedado soterrado bajo la nueva propiedad.

—Ah, lo conozco. Conozco ese río.

—¿Lo conoce? —Lucía se estremeció.

—Claro que sí. Ahora no es tan sencillo acceder a él como lo era antes, pero todavía es posible llegar si sabe uno orientarse ahí dentro y conoce bien el camino —contestó señalando hacia los árboles.

—¿Y podría usted guiarnos hasta allí?

Al hombre le hizo gracia la pregunta.

—No, lo lamento mucho. Yo desconozco la ruta, hace demasiado tiempo que no voy por allí. Y francamente, a mi edad ya no estoy para esa clase de aventuras —rio.

—¿Sabe de alguien que pudiese explicarnos cómo llegar?

—Imagino que mi yerno podría indicarles el camino, si es que todavía se acuerda. —Dudó unos instantes—. No lo sé, si quieren pueden acompañarme hasta mi casa y hablar con él. Vivimos aquí al lado, en la parte de allá del pueblo. Debe de estar a punto de llegar de trabajar.

—Pues se lo agradeceríamos mucho, la verdad —contestó Lucía, todavía nerviosa.

—No se preocupe, mujer, yo estoy encantado de echarles una mano. Ojalá pudiese servirles de más ayuda. Mi nombre es Alfonso, por cierto —dijo mientras se dirigía de nuevo hacia su vehículo.

—Yo me llamo Lucía y él es Julián.

—Es un placer. Suban.

Lucía y Julián cogieron sus mochilas y montaron en el asiento de atrás del coche. Durante el breve trayecto hasta la casa, a pesar de no pronunciar ni una sola palabra, ninguno de los dos volvió a fijarse en el ruido que hacía el motor.

VEINTITRÉS

Esta es Amelia, mi mujer. Les preparará algo de picar.
Lucía y Julián agradecieron el detalle y saludaron a Amelia.

—Pueden esperar aquí, en el pórtico de entrada. Mi yerno llegará de un momento a otro.

Se trataba de un pórtico de madera construido sobre una tarima en la que había una mesa alargada y varias sillas a modo de cenador. Julián, algo cansado, se apoyó en la barandilla y se encendió un cigarrillo que no le apetecía. A su espalda, Lucía entraba en el vestíbulo y le pedía a Alfonso que le indicase dónde estaba el cuarto de baño. Allí apoyado, contemplando las montañas sin demasiado interés, como se contempla a veces el presente, Julián meditó sobre la actitud de Lucía y su forma de reaccionar. Sobre cómo le había contrariado la repentina posibilidad de no regresar a aquel río. Un contratiempo a su entender insignificante, carente de importancia. Especialmente al compararlo con la propia tragedia de las circunstancias. Con el dolor y la tristeza que desde hacía semanas los acompañaban y la inmediatez de una realidad insoportable. Al lado de algo así, la eventualidad de no volver a ver el río resultaba intrascendente. Casi ridícula. Pero Lucía parecía haber concentrado de pronto gran parte de sus anhelos en ello. Parecía haberle concedido una relevancia prioritaria. Irrenunciable. Como si todo lo demás no existiese. Como si aquello, después de lo de la casa de su abuela, fuese lo último a lo que podía aferrarse, con todo lo que eso significaba.

    Mientras fumaba, Julián se preguntó si Lucía sería consciente de su conducta exagerada. Si habría considerado la posibilidad de que quizá estuviese proyectando su angustia y su frustración sobre una desilusión accesoria, incidental. Si comprendería que, apenas unos meses atrás, ella jamás le habría otorgado ningún valor a algo así. Y decidió, a punto de apagar el cigarro, que era incapaz de ponerse en su lugar y de imaginar lo que podría estar pasando por su cabeza. Incapaz de juzgarla. Pero no pudo evitar pensar que durante aquel viaje, un viaje que estaba al borde de convertirse en una maniobra fallida y cuyos motivos él todavía no había alcanzado a comprender del todo, algo en Lucía había cambiado. Y por un momento tuvo el frío presentimiento de que la Lucía de siempre, con la que había compartido su vida, ya se había marchado. Y a pesar de que sabía que era un pensamiento injusto y egoísta, se sintió profundamente apenado.

Al cabo de unos minutos, una camioneta blanca entró en la finca, pasó por delante de Julián y aparcó en un lateral del pórtico, al lado de un descampado. De su interior se bajó un tipo alto, de piel morena y complexión fuerte. Vestía botas de caucho, una camiseta blanca manchada de tierra y un viejo mono de trabajo. Julián lo observó acercarse hacia la casa y pensó que en otra época habría adoptado automáticamente una postura más recta, más masculina. El acto reflejo de quien está acostumbrado a creer que suele salir perdiendo en toda clase de comparaciones malintencionadas. Esta vez le dio lo mismo.

Alertado por el ruido de la camioneta, Alfonso salió al pórtico a recibir a su yerno, le pidió que subiese y le explicó brevemente lo sucedido. Mientras escuchaba a su suegro, el chico observaba a Julián de arriba abajo preguntándose quiénes eran aquellos desconocidos y por qué estaban buscando el río. Tras meditarlo durante unos segundos, no obstante, accedió a explicarles cómo llegar hasta allí.

—Puedo acompañaros durante la primera parte del recorrido y ofreceros algunas indicaciones para que continuéis después por vuestra cuenta, pero os advierto que no es un trayecto sencillo y entraña algunos riesgos.

—No te preocupes, con eso será más que suficiente, estoy seguro de que podremos arreglárnoslas —contestó Julián, que estaba seguro de que no podrían arreglárselas en absoluto.

—En ese caso, voy a darme una ducha y a cambiarme de ropa. Nos vemos aquí mismo, en el pórtico, en unos veinte o veinticinco minutos.

Julián reconoció con un apretón de manos su generosidad, aclaró que no tenían prisa, que se tomase el tiempo que necesitase, y se despidió hasta más tarde. Lucía regresó del cuarto de baño unos minutos después y Julián, exagerando sensiblemente los posibles peligros que se encontrarían en el camino, la puso al corriente de la situación.

—Disculpad el retraso, ya nos podemos ir —anunció el yerno de Alfonso media hora después, accediendo al pórtico por la puerta del salón y terminando de abotonarse la camisa.

Julián, preocupado por su escasa destreza en terrenos abruptos como el que parecía esperarlos, suspiró, cogió las dos mochilas y caminó hacia él. Lucía se levantó de la silla y siguió a Julián concentrada en sus pensamientos, esperanzada por la posibilidad de regresar al río aquella misma tarde.

—¿Lucía? ¿Eres Lucía?

Aquel desconocido que se hallaba unos cuantos metros delante de ella conocía su nombre. Lucía se detuvo y lo miró con recelo y extrañeza.

—Eres Lucía, ¿no?

El chico repitió la pregunta ante la cara de desconcierto de Julián.

Ella reconoció de pronto su acento. Su tono de voz, que seguía siendo igual de descarado que veinte años antes. Y tras su voz se sucedieron su mirada, su sonrisa y, por último, su nombre.

—¿Antón?

—Antón, sí —confirmó él mientras se acercaba y le daba un cariñoso abrazo.

—Pero no puede ser... ¿Vives aquí? ¿Tú eres la persona que va a acompañarnos? ¿Cómo has sabido que era yo?

—Mi suegro ha comentado cómo os llamabais y me ha dicho que al principio habíais preguntado por la casa de la señora Carmen. Me ha parecido muy extraño que una chica que se llamara precisamente Lucía conociese el nombre de la dueña de la antigua casa y estuviese tan interesada en ir al río, así que mientras me duchaba he pensado que quizá podrías ser tú. Cuando he salido ahora al pórtico y te he visto, no me ha resultado muy difícil reconocerte.

—Es increíble —balbuceó Lucía—. Estoy un poco aturdida. No me esperaba esto. No me lo esperaba... Creí que jamás volvería a verte, Antón.

—La vida es muy larga, no digas eso. Pasemos adentro. Hay mucho sobre lo que ponerse al día.

—Pero nosotros tenemos que ir al río —interrumpió un desconfiado y perplejo Julián—. Es a lo que habíamos venido, ¿no?

Julián dirigió una mirada interrogativa a Lucía, que no supo qué contestar.

—Al río podemos ir mañana con calma —se adelantó Antón—. Al fin y al cabo ahora ya es tarde y apenas sería posible permanecer allí un rato antes de que se os echase la noche encima. Me gustaría que al menos hoy cenaseis con nosotros y conocieseis a mi familia. No hace falta que os diga que aquí tenéis donde dormir.

—Pero nosotros estábamos convencidos de que visitaríamos hoy el río —insistió Julián, sumiendo la conversación en un incómodo silencio.

Lucía se acercó a Julián y lo apartó unos pasos hacia atrás para poder hablar con él en privado. El encuentro fortuito con Antón parecía brindarle un acceso imprevisto a una parte de aquel verano que había vuelto a buscar. Posponer la visita al río, de repente, no parecía una idea inapropiada.

—Creo que Antón tiene razón, Julián —comentó Lucía en voz baja—. Ahora apenas quedan algunas horas de luz, aprovecharemos mucho mejor el tiempo mañana. Además, si es él quien va a guiarnos, ya no nos urge tanto ir en este preciso momento. El río no se va a mover de su sitio. Ya sabemos que podemos encontrarlo. Da lo mismo aplazarlo un día más.

—No me gusta que un desconocido tome decisiones sobre lo que voy a hacer o dejar de hacer.

—Julián... —contestó ella poniendo las manos en sus mejillas— sólo está intentando ser amable.

Lucía regresó al lugar donde se encontraba Antón y se llevó con ella de la mano a Julián.

—Lo dejamos para mañana entonces, Antón. Nos agrada mucho la idea de poder pasar con vosotros el resto del día.

Antón le dio otro abrazo y sonrió.

—Todo el tiempo que queráis.

VEINTICUATRO

Algo más tarde, después de compartir entre todos un rato de conversación y de que Julián comenzase a normalizar su opinión sobre Antón, Lucía se apartó hacia una de las barandillas laterales del pórtico y se sentó en uno de los bancos de madera orientados cara al bosque. Antón se le acercó al cabo de unos minutos e hizo un gesto con la mano para preguntar si se podía sentar con ella, a lo que Lucía accedió.

—El silencio del bosque es un silencio distinto, ¿no te parece? —comentó Antón—. No suena igual. Tiene algo de sagrado.

—Nunca me había detenido a pensarlo.

—Parece absoluto e impenetrable, pero si uno escucha bien, puede llegar a apreciar lo que se oculta tras ese silencio. Hay toda una historia de supervivencia ahí detrás. Es triste que su contemplación, sin embargo, y salvo en contadas ocasiones, nos esté vedada.

Lucía lo miró a los ojos y permaneció callada, acaso intentando comprender por qué Antón parecía estar refiriéndose a ella.

—Hace un rato has vuelto a decir que habías venido a visitar la casa de tu abuela.

—Eso he dicho, sí.

—¿Y a qué has venido en realidad?

Antón pronunció aquella frase con la vista fija en lo más profundo del bosque y sin mirar a Lucía, como si llevase toda la tarde esperando para hacer aquella pregunta y obtener una respuesta sincera. Lucía tardó unos segundos en contestar.

—A encontrarme a mí misma, creo.

—Vaya. ¿Debo entender entonces que estabas perdida?

—Todavía lo estoy.

Durante algunos minutos, como si por alguna razón necesitase justificarse, Lucía deambuló entre diferentes lugares comunes sobre el equilibrio emocional, con los que intentó evitar las siguientes posibles preguntas de Antón. Probó suerte diciendo que había vuelto al pueblo para nivelar su historia vital. Para igualar la huella que las diferentes etapas de su vida habían dejado en su existencia. Era una ficción torpe pero creíble que le sirvió para no tener que decir la verdad. Para no tener que explicarle a Antón que había vuelto entonces, justo en aquel mes de septiembre, porque se estaba muriendo.

Antón escuchó su discurso con atención y permaneció inmóvil, con la vista fija en los árboles, pensando en el futuro y preguntándose cuál sería el motivo por el que Lucía acababa de sentir la necesidad de mentirle de aquella forma.

—En mi opinión, todos formamos parte de nuestra propia historia de supervivencia, aunque no siempre nos apetece que otros la contemplen —continuó Antón—. Especialmente si no van a pasar de ser meros espectadores. ¿No crees?

—Puede ser.

—Hace veinte años, durante un mes, tú y yo formamos parte de la misma historia.

—Tal vez siempre haya sido la misma, aunque no lo supiésemos.

—Tal vez. Me pregunto si seguiremos formando parte de ella dentro de otros veinte años.

—Quizá para entonces, Antón, esta historia ya haya terminado.

—Espero que no. —Antón miró a Lucía a los ojos—. Tal y como yo lo veo, todas las historias que terminan, terminan mal.

Lucía no dijo nada.

—Salvo que a uno se le permita elegir el final —resolvió Antón.

Lucía continuó sin decir nada.

Esa noche, tras conocerse todos un poco mejor, se celebró una cena en el pórtico de la casa de Alfonso. El motivo fue el inesperado reencuentro de dos viejos amigos. La pareja de Antón resultó ser una mujer fantástica. Lucía se alegró mucho por él. Alfonso y Amelia ejercieron de perfectos anfitriones. Los dos hijos de Antón, un niño y una niña, eran alegres y adorables. Julián, que al principio de la tarde se había mostrado ostensiblemente arisco, no tardó en confraternizar con Antón y su familia.

Por imperativo de Amelia cenaron empanada, queso, pimientos fritos y *raxo*. Abrieron una botella de vino y Julián probó el licor café. Antón y Lucía recordaron anécdotas de aquel verano de hacía dos décadas y todos rieron y brindaron por los viejos tiempos. Antón confesó haber recibido de Lucía su primer beso y ella se sonrojó.

—En realidad me lo diste tú a mí, me acuerdo perfectamente. Fue la última tarde de aquel verano, cuando me llevasteis a conocer el río.

—Veo que la memoria no te falla —bromeó Antón, que durante la cena había adoptado un tono mucho más cercano y cómplice.

—Lo recuerdo porque también fue mi primer beso —admitió Lucía, animada también por el talante familiar y desenfadado de la noche.

—Sinceramente, el plan era besarla a la vuelta —explicó Antón dirigiéndose al resto, olvidando acaso que los detalles del relato podrían molestar a Julián o a su propia mujer—. Yo había pensado en hacerlo bajo los *carballos* que te enseñé. Me pasé toda la tarde dándole vueltas. Pero estábamos tan bien allí, tumbados en silencio los dos solos, que no pude evitarlo.

Para restarle carga sentimental a la escena descrita y que Julián no viese en aquel antiguo amor una amenaza, Lucía recordó a los presentes que por aquel entonces Antón y ella eran solamente unos niños.

A Julián, sin embargo, no le estaba sentando mal la clase de intimidad que se desprendía de la conversación a esas alturas de la cena. Al contrario. Hacía días que no veía a Lucía distraerse así. Por la forma en la que sonreía, hablaba y gesticulaba, aquella daba la impresión de ser una cena más, como cualquier otra antes del accidente. Lucía escuchaba divertida las vivencias que Antón compartía con los demás comensales. Se interrumpían entre ellos y se reían con complicidad. Por momentos parecían, en efecto, dos antiguos enamorados entre los que todavía seguía mediando un cariño especial. Pero Julián no le quiso dar importancia. Le reconfortaba volver a contemplar aquella expresión de entusiasmo en el rostro de Lucía. Estaba convencido —y así se lo repitió a sí mismo en un par de ocasiones durante la cena— de que a veces querer a una persona consiste sencillamente en no interponerse entre ella y su bienestar.

La conversación continuó girando durante un buen rato en torno a los amores de juventud, derivando después en la poética forma en que se habían conocido Antón y su mujer y rematando con una desenfadada representación, a medio camino entre la broma y la nostalgia, de cómo Alfonso se había opuesto inicialmente a la relación de su hija con Antón, ya que, como tantos otros suegros, consideraba que no era lo bastante bueno para ella. «¡Nunca me he alegrado tanto de estar equivocado!», exclamó, y todos brindaron por el joven matrimonio.

Fue una noche agradable que sirvió para enderezar el día de todos y tal vez la vida de algunos. «Las cosas suceden por algo», le dijo Julián a Lucía al oído en un momento dado, hacia el final de la velada. Ella no estaba de acuerdo, pero asintió.

Una hora después de terminar de cenar, durante la sobremesa, Amelia, Antón y Lucía comenzaban a recoger los cubiertos y los platos. El bullicio y las risas habían dado paso a la serenidad y el reposo. Los niños y la mujer de Antón ya se habían acostado y Julián, sirviéndose un último vaso de licor café, continuaba con la charla que estaba manteniendo con Alfonso. Le hablaba sobre la decepción que Lucía había sentido aquella tarde al presentir que le resultaría casi imposible encontrar el camino hasta el río. Un tanto desinhibido por efecto del alcohol, insistía en el contratiempo que había supuesto encontrarse con aquella finca que ocupaba el lugar donde se hallaba la casa de la abuela y parte del bosque. Repetía una y otra vez lo difícil que iba a ser llegar al río cruzando la espesura sin seguir un sendero concreto.

—Antón me lo dijo esta tarde, Alfonso. Me dijo que no era un trayecto sencillo. Que entrañaba algunos riesgos.

—Estoy convencido de que no es para tanto. —Alfonso intentaba tranquilizar a Julián.

—Yo le dije que nos las arreglaríamos, que no se preocupase, pero estoy seguro de que no sabremos arreglárnoslas.

—Si uno tiene claro el camino y es lo bastante precavido, no debería haber problema —los interrumpió en ese instante Antón, que regresaba a la mesa con Lucía.

Se sentó al lado de Julián, pidió a Amelia que le trajese un lápiz y un papel y dibujó sobre este el perímetro de la finca que se hallaba sobre el terreno donde antes discurría el sendero, señalando un punto en el que el muro de atrás formaba una esquina. Desde ahí, caminando cinco o seis minutos en línea recta en la propia dirección que seguía el lateral del muro, se llegaba al pequeño bosque de *carballos* al que se había referido durante la cena, aunque ahora había que entrar en él por el extremo opuesto al que solían hacerlo cuando eran niños.

—«El camino de los perros»... —murmuró Lucía.

—Eso es. —Antón detuvo su explicación para sonreír a Lucía—. Recorriendo el borde de la arboleda, a apenas doscientos o trescientos metros, se encuentra el terraplén que desciende hasta la antigua carretera abandonada. Y cruzando esta, una vez finalizada la pendiente, se accede al viejo parral.

—Lo recuerdo. Recuerdo esa parte. Eso está justo al lado del río. ¡Creo que a partir de ahí ya sabría seguir yo! —exclamó Lucía con emoción.

—No hace falta, Lucía. Mañana os acompañaré con mucho gusto.

Lucía miró a Julián y este le devolvió una sonrisa resignada pero extrañamente tierna. Como si quisiese transmitirle que no hacía falta que pensase en él. Que cualquier decisión que ella tomase le parecería bien.

—Te lo agradezco mucho, Antón. Te agradezco que estés haciendo todo esto por nosotros. Pero si no te molesta, creo que mañana me gustaría ir al río a solas con Julián.

Antón se giró para observar a Julián y enseguida miró de nuevo a Lucía.

—Jamás podría molestarme algo así.

Alfonso se levantó de la mesa y terminó de recoger los últimos vasos y platos que faltaban. Lucía se quedó unos minutos repasando con Antón el plano que este había dibujado sobre el papel y Julián se acercó a la cocina a darle las gracias por la cena a Amelia, quien regresó con él hasta el pórtico para ofrecerse a guiarlos hasta su cuarto.

—Ha sido un día fantástico —dijo Lucía dirigiéndose a sus huéspedes antes de retirarse—. Incluso mejor de lo que podría haber esperado antes de venir.

—El de mañana lo será todavía más —contestó Antón—. Que paséis buena noche.

Todos se despidieron en el pórtico y se retiraron a sus habitaciones a dormir. A excepción de Lucía, que fue incapaz de conciliar el sueño en toda la noche.

VEINTICINCO

Julián acariciaba las manos de Lucía con delicadeza. Las alisaba suavemente una y otra vez bajo las sábanas, deseando quizá que aquella mañana durase también una tarde, una noche, una docena de días.

A pesar de la lluvia, una lluvia compacta e insistente que daba la impresión de querer mecanografiar el mal tiempo contra las tejas, la tranquilidad con la que la casa había amanecido trajo a la memoria de Julián aquel primer domingo por la mañana en el apartamento con Lucía, justo el día después de mudarse. «Hace tan solo cuatro años de aquello», se dijo a sí mismo con cierto desánimo. Segundos después, y a pesar de sus esfuerzos por evitarlo, sólo pudo sentirse desgraciado. Separó con cuidado sus manos de las de Lucía y se levantó con la disculpa de ir al cuarto de baño.

—Buenos días —dijo Julián golpeando tímidamente con los nudillos la puerta de la cocina.

—Hola, buenos días.

—Hace un día terrible. ¿Aquí siempre llueve así?

—Aquí siempre llueve —contestó Amelia, que se encontraba lavando unos grelos bajo el agua del grifo—. Poco importa cómo lo haga, ¿no le parece?

—Supongo que sí —concedió Julián mientras se sentaba en una de las sillas de la cocina—, pero había dado por hecho que hoy haría buen tiempo.

—Algunas cosas no se pueden dar por hecho. Tenga en cuenta que ya casi es otoño.

—Lo sé. Pero hacía tanto calor ayer que pensé que hoy ocurriría lo mismo.

—Quién sabe —comentó Amelia con tono sarcástico—, es muy posible que ayer, a pesar de todo, todavía fuese verano.

Julián se levantó y cogió un par de manzanas de un frutero.

—¿Y cree usted que mejorará?

—¿El verano?

—El día...

—Más tarde sí. Más tarde abrirá. Pero esta mañana no va a hacer buen tiempo. No con esta tormenta encima. ¿No ve que estoy preparando lacón con grelos para el almuerzo de este mediodía?

Julián no entendió muy bien la relación entre ambas cosas, pero tampoco tenía muchas ganas de conversar. Era demasiado temprano y la intención de su anfitriona demasiado burlona como para interesarse por las circunstancias que habían motivado la elección de un menú u otro.

—Debería usted aprovechar y volver a la cama —prosiguió Amelia—. Hoy no hay mucho que hacer por aquí.

—¿Todavía no se ha levantado nadie?

Amelia rio con admiración sin apartar la vista de la pila donde lavaba la verdura.

—Ya se han ido todos. Mi marido se ha marchado hace un rato con el ganado. Antón bajó temprano a la villa para entregar un paquete y después se fue a trabajar. Y mis nietos y mi hija deben de estar llegando ahora mismo al colegio. Ella trabaja en el *concello*, ¿sabe? Pero le permiten llegar un poco más tarde para poder llevar a los niños a clase.

Un tanto molesto, Julián sintió la necesidad de aclarar que él también se levantaba habitualmente antes del amanecer. Que se levantaba de noche incluso en julio para poder llegar a su hora al despacho. Que ser de ciudad no significaba ser un vago. Pero en el último momento decidió que sería inútil justificarse. Le preguntó a Amelia si le importaba que se llevase aquel par de manzanas, se despidió sin demasiado énfasis y regresó a la habitación.

Al llegar abrió la puerta con delicadeza y comprobó que Lucía se había quedado dormida por fin. Se había pasado las últimas horas de la madrugada leyendo y subrayando algunas frases en *Los años falsos*. El aspecto del cuarto, envuelto por el sonido de la lluvia y repleto de la luz gris de aquella mañana de tormenta, devolvía una extraña sensación de felicidad. Una sensación que, sin embargo, cada vez que se producía, se corrompía en la cabeza de Julián por efecto de la realidad. Como si tuviese prohibido abstraerse. Como si un interruptor activase una distorsión insoportable, un ruido profundo y punzante que lo asaltaba desde lo más recóndito de su dolor siempre que las cosas, aunque sólo fuese durante unos instantes, se parecían a como eran antes.

En los últimos días, lo desacostumbrado, lo bullicioso y lo impaciente se habían convertido en sus mejores aliados. Un largo e imprevisto viaje en autobús. Un mesón anacrónico. Un trayecto en un viejo R8. Había llegado un punto en el que Julián sólo hallaba normalidad en lo anormal. Y detestaba que las cosas fuesen así. Detestaba que aquella penumbra dañina lo acompañase a todas partes agazapada, esperando su momento. Lo único que Julián ansiaba era ser capaz de dejarla atrás una sola vez. Ser capaz de disfrutar de un último día de paz con Lucía, sin demonios detrás de las cortinas.

Entornó la puerta de la habitación, se metió en la cama y trató de concentrarse en el sonido del agua. Trató de concentrarse en el techo de madera. En el olor a tierra mojada. Pero durante un buen rato solamente pudo pensar en lo ilusorio de aquella sensación de calma, en el envoltorio miserable y tramposo de aquella mañana.

Decidió cerrar los ojos e intentar dormir, pero a su mente acudía sin remedio la misma imagen una y otra vez. La de aquel par de manzanas rojas que se había llevado consigo y que había dejado sobre la mesilla. Se veía a sí mismo mordiendo su piel y descubriendo un interior podrido, lleno de larvas, insectos y gusanos. Era una escena turbadora y desagradable, pero no había forma de ignorarla. Julián se giró sobre sí mismo, se tapó bien con la manta y, con aquella imagen terrible en la cabeza, se durmió.

VEINTISÉIS

Nos vamos ya —dijo Lucía en voz alta desde el vestíbulo para que Alfonso y Amelia la escuchasen—. Queremos aprovechar la tarde.

—Pero si acabamos de terminar de comer, *muller* —se oyó disentir a Alfonso, que descansaba en una butaca del salón mientras Amelia fregaba los cacharros en la cocina—. ¿No sería mejor que esperaseis un rato?

—Me preocupa que se marche el sol ahora que por fin ha salido... Y además nos gustaría pasar al menos tres o cuatro horas en el río.

—¡Pero si ni siquiera habéis hecho la digestión!

—No se preocupe, Alfonso, de veras —respondió Lucía desde el pórtico ahuecando sus manos alrededor de la boca para elevar el volumen—. ¡Lo digerimos dando un paseo!

Lucía parecía encontrarse más animada. Había dormido toda la mañana y daba la impresión de que la oportunidad de regresar al río aquella tarde le había devuelto, al fin, su acostumbrado optimismo, su capacidad para apasionarse con las pequeñas cosas. Como si estuviese convencida de que en ese arroyo, aunque fuese de forma ficticia o aparente, podría hallar cierto hilo de esperanza.

Amelia se despidió desde la ventana hasta la hora de la cena y Lucía y Julián, con sus mochilas a la espalda, comenzaron a recorrer el trayecto inverso al que la tarde anterior habían realizado en el coche de Alfonso, esta vez cruzando el pueblo a pie hasta la finca bajo la que habían quedado sepultados el sendero del bosque y la casa de la abuela Carmen. Unos metros más adelante, Julián compartió con Lucía sus dudas respecto a volver a cenar esa noche con la familia de Antón y quedarse a dormir de nuevo en su casa. Desde su punto de vista, eso supondría tener que despedirse de todos, simular cierto afecto por pura cortesía, emplazarse hipócritamente para el verano siguiente. En su lugar, le propuso regresar del río a media tarde, esperar el coche de línea en la marquesina y marcharse. Ni siquiera había necesidad de pasar a despedirse o avisar. «En el fondo, tampoco los conocemos tanto —argumentó con indecisión tras mencionar de soslayo su plan de huida—. Ya habrá tiempo de enviarles una carta agradeciéndoles su hospitalidad». Enigmáticamente, Lucía contestó que volver directamente a la villa aquella misma tarde era «una opción».

No tardaron más de diez minutos en llegar hasta el portón principal de la finca. «Habría estado bien volver a contemplar el valle desde el balcón de la casa de mi abuela —suspiró Lucía con voz melancólica pero serena mientras buscaba en su mochila el papel que Antón le había entregado el día anterior—. Pero supongo que no tiene importancia». Julián quiso percibir en aquel comentario un definitivo y reconfortante cambio de actitud.

A medida que recorrían el muro de perpiaño que cercaba el terreno y se adentraban cada vez más y más en el bosque, Lucía comprendió que la finca era mucho más extensa de lo que se imaginaba. A su alrededor ya todo eran árboles y matojos. No quedaba ni rastro del camino. Tampoco del cierre original de la propiedad de su abuela. Al cabo de un rato ya había perdido toda referencia con el pueblo y no podía hacer más que conjeturar en qué dirección caminaban.

El perímetro que Antón había esbozado de memoria en el papel era simple y abreviado. Se reducía a una síntesis de líneas rectas que, sobre el terreno, se traducían en un zigzag de paredes combadas que con frecuencia se confundían entre la maleza, haciendo muy difícil distinguir qué formaba parte del muro y qué pertenecía al accidentado relieve del bosque. En el papel se apreciaba un polígono cuya parte trasera estaba compuesta por dos líneas que se unían en lo que parecía ser un saliente. Cada vez que se encontraban con una nueva esquina en el recorrido, Julián creía reconocer el ángulo dibujado en el mapa de Antón, provocando la risa de Lucía. Por fin, cuando empezaba a resultar demasiado complicado abrirse camino entre las rocas, los árboles y su ramaje, un cambio muy pronunciado en la dirección del muro les señaló el punto a partir del cual debían dejar la finca atrás y avanzar en línea recta, siguiendo la propia orientación del lateral que venían bordeando.

Siete minutos después, Lucía y Julián llegaban al robledal que, con una precisión inalcanzable, ella había intentado recordar en numerosas ocasiones durante la noche anterior. Al otro lado se intuía la pradera por la que solía acceder con Antón y los demás niños durante aquel verano de su infancia.

—Así que esta es la famosa *carballeira* donde Antón había planeado darte tu primer beso, ¿no?

—«El camino de los perros» —contestó Lucía sonriendo y mirando a su alrededor—. Se hace raro no escuchar los ladridos a lo lejos.

Avanzó unos pasos y señaló una zona al otro lado de la arboleda.

—Mira, ¿ves aquel hueco que hay entre las piedras del fondo? Tenemos que bajar por allí para cruzar la antigua carretera.

A partir de ese punto, la ruta era la misma que veinte años antes. Primero descendieron con cuidado por el empinado terraplén y saltaron el riachuelo que había al fondo, al lado de la carretera. Allí se hallaba el pequeño Josito levantándose en el agua y limpiándose el rasponazo que se había hecho en el codo. Lucía lo miró con nostalgia. Con el rostro ruborizado, él murmuró: «Estoy bien».

Julián y Lucía continuaron descendiendo por la pendiente al otro lado de la carretera abandonada, serpenteando entre los pinos y los arbustos hasta llegar al viejo parral, que sobrevivía en lo más hondo de la vaguada. A pesar de la espesa vegetación que se había ido acumulando con los años, el vértigo y la sensación de pequeñez que provocaba observar aquellas dos laderas casi verticales desde allí abajo eran los mismos. Por primera vez, Julián escuchó a lo lejos el rebelde murmullo del río. Se giró hacia Lucía con cara de entusiasmo y ella, afirmando con la cabeza, le sonrió.

«¡Es por aquí!», gritó Gonzalo desde algún lugar al otro lado del parral. Emocionada, Lucía cogió a Julián de la mano y lo condujo con cuidado a través de las zarzas y los matorrales hasta alcanzar el otro extremo de la viña, donde descendieron por unos peldaños excavados en la roca pero sumergidos en un manto de musgo. Al llegar abajo, Julián se encontró envuelto en una bóveda de árboles que, a media altura, casi al alcance de la mano, cubría un escondrijo del bosque junto al que pasaba un vivo arroyo. «Ya casi hemos llegado —se adelantó Lucía aclarando que debían continuar avanzando río abajo—. Pero no te preocupes —añadió—. Casi no cubre».

Sujetándose a las orillas, con el pecho siempre por encima de la superficie del agua, comenzaron a desplazarse en el sentido de la corriente. Una vez dejado atrás el boscaje, Lucía notó cómo Marina la observaba con ternura desde la cabeza de la expedición y le daba afectuosamente la bienvenida. Lucía le agradeció el recibimiento con un gesto leve y cariñoso y, sintiéndose satisfecha de haber vuelto, volvió a mirar hacia arriba buscando una vez más aquel cielo que siempre le había parecido tan lejano, aquella fina y alargada porción de espacio azul que se entreveía desde el fondo de la garganta. Diez minutos después, cuando empezaba a adivinarse el salto de agua desde el lecho del río, le pidió a Julián que se detuviese. Se acercó hasta el borde, colocó sus pies desnudos sobre el desnivel y, girándose hacia Julián, pronunció las palabras que tanto tiempo llevaba deseando liberar: «Hemos llegado».

VEINTISIETE

—¡Se me ha mojado el tabaco! —rio Julián después de vaciar su mochila al lado de la roca grande y lisa en la que Lucía y él estaban tumbados tomando el sol—. ¡Todo lo que traíamos está empapado!

—En un par de horas estará casi todo seco, ya lo verás.

—A la vuelta tenemos que acordarnos de llevar las mochilas en alto si queremos ponernos algo de ropa seca antes de coger el autobús.

Estaba resultando una tarde magnífica. Julián se había zambullido varias veces en la poza saltando desde lo alto de la cascada, había estado nadando un rato en la pequeña laguna y se había atrevido a explorar los alrededores más inmediatos, aunque sin alejarse demasiado. De vez en cuando se le escuchaba describir torpemente algún elemento del paisaje o manifestar alguna idea evidente sobre el entorno. Como si necesitase verbalizar algunos de sus pensamientos para dotar a aquel lugar de una mayor sustantividad o registrarlo mejor en su memoria. «Es un árbol muy grande y muy frondoso», pronunciaba solemnemente y con lentitud, en voz alta pero para sí mismo, sin dirigirse a nadie. «Debe de llevar muchas décadas aquí», añadía a continuación. Lucía sonreía al escucharlo hablar a lo lejos mientras continuaba descansando. Aquellas excentricidades de Julián, que a veces requerían de cierta paciencia, en el fondo siempre le habían parecido enternecedoras.

De vez en cuando, a medida que la tarde iba pasando, Lucía abría los ojos y se detenía a contemplar la estela de algún avión difuminándose poco a poco en el aire. A menudo su mente se centraba en escuchar su propia respiración y el sonido de la corriente arrojándose al vacío. Observando el cielo, veía las copas de algunos árboles balanceándose con suavidad sobre su cabeza. Sólo existían el ruido del agua, los árboles y aquel cielo. Ni siquiera ella misma, que en esos instantes ya no era ella, sino la niña que una vez había contemplado el mismo paisaje desde el mismo lugar.

Parecía como si el tiempo se hubiese detenido veinte años antes en aquella parte del río. Como si de pronto Lucía hubiese vuelto a una época en la que todo era posible y emocionante y no existía el miedo, ni el dolor ni la tristeza. Una época en la que el día de mañana, la próxima semana o el mes siguiente no significaban nada. El mundo, el presente, la vida entera sucedía en cada instante. Sólo ese preciso momento tenía importancia. Y allí, veinte años atrás, era donde Lucía quería estar. Y allí era donde estaba. Allí mismo y en ninguna otra parte.

Julián regresó a la roca donde Lucía reposaba, le dio un beso y se tumbó a su lado. Los dos se quedaron en silencio boca arriba, con los ojos cerrados, acariciándose instintivamente el uno al otro con los dedos de la mano. El agua continuaba cayendo incesante, perdiéndose entre la espesura de aquella vega escondida en el medio del bosque. Julián repasó mentalmente las últimas horas, los últimos días, y reflexionó sobre lo acertado que había sido regresar con Lucía a aquel río. Ella, sin embargo, ya no le concedía valor alguno al pasado. Allí acostada, bajo el cielo de su infancia, pensó sencillamente que aquel era el día más feliz de toda su vida.

—Tengo ganas de hablar con mi hermano —comentó Julián—. Tengo ganas de llamarlo y contarle todo lo que ha pasado en este viaje. Me apetece mucho verlo. Charlar con él. Tal vez podríamos decirle que se viniese a cenar a casa una noche cuando volvamos.

Lucía se incorporó, se sentó en la roca y miró a Julián durante unos segundos sin dejar de sonreír. Lo miró profundamente, acaso todo lo profundamente que se puede mirar a alguien, mientras una lágrima comenzaba a asomar a sus ojos. Era la mirada más tierna, sincera y triste que Julián había visto nunca. Una mirada de amor y de agradecimiento, pero también de dolor y de despedida.

Y fue sobre aquella roca, al lado del río, poco antes del atardecer, cuando Julián comprendió que Lucía no iba a regresar jamás.

VEINTIOCHO

Julián abrió la puerta, encendió la luz y dejó las llaves sobre la mesita de la entrada. Barajó la correspondencia allí mismo, de pie, sin urgencia, y tiró algunos de los sobres en un viejo paragüero que había en un rincón. Cerró la puerta, guardó el abrigo en el armario y recorrió el pasillo hasta el salón.

Algunas de las cartas todavía hablaban de Lucía. Sus remitentes eran parientes lejanos de Julián que enviaban frases postizas de consuelo. O conocidos que acostumbraban a disfrazar preguntas entre las condolencias. En ocasiones se trataba de la confidencia de algún amigo que, en cierta forma, sentía que aún podía dirigirse a ella. Esas, con diferencia, eran las peores. Las que lastimaban a pesar de su cariño o sus buenas intenciones. Julián había acumulado un montón a medio leer junto al televisor.

Revisó varios recibos del banco, leyó con cara de extrañeza una carta un tanto enrevesada de su compañía de seguros y dejó el resto encima de la solitaria mesa del comedor. Acercó un cenicero, se sentó en una de las sillas, extrajo una cajetilla de tabaco del bolsillo de su camisa y fumó un par de cigarrillos mientras su mirada se posaba en algún lugar al otro lado de la pared, probablemente muy lejos de allí.

A veces se olvidaba. Se descubría a sí mismo pensando en ir al cine a ver una determinada película con Lucía o buscando en el supermercado las galletas que le gustaban. Algunos días se levantaba por la mañana y calentaba leche para dos. Después se daba cuenta y se sentaba en un taburete de la cocina observando el cazo durante varios minutos sin hacer nada. Todavía tenía la impresión de escucharla enredar de vez en cuando en el cuarto de baño o de sentirla detrás de él en alguna habitación. Esa sensación repentina e ingobernable —la de sus llaves girando en la cerradura de la puerta, la de su silueta bajo el edredón al entrar en el dormitorio por las noches— de alguna manera confusa le hacía daño, al mismo tiempo que le proporcionaba un consuelo distante y fugaz. Le provocaba sufrimiento, le arrojaba encima todo el peso de su memoria, pero también lo acercaba de improviso una vez más, aunque de un modo desgarrador, a su vida con ella. No pasaba un solo día sin que procurase evitar el recuerdo de su sonrisa o de su mirada. Sin que sintiese un dolor inmenso, casi ensordecedor, al acordarse de su voz.

Al cabo de un rato sonó el teléfono. Era Fernando. Quería saber si podía pasarse aquella tarde por su piso para verlo y llevarle de paso un par de cosas que Lucía le había prestado antes del viaje, tal y como le había comentado tres o cuatro días atrás. «Después, a última hora —añadió—, si te apetece podemos salir a dar un paseo».

Julián agradecía que fuese Fernando quien se acercase hasta su casa y no al revés, ya que él sentía que tardaría en volver a reunir las fuerzas necesarias para regresar al barrio y recorrer las calles y los lugares a los que solía acudir con Lucía. Sin embargo pensó que no tenía muchas ganas de salir de casa aquella tarde. Que no tenía muchas ganas de hacer absolutamente nada aquella tarde. Ni la tarde siguiente. Ni el resto de las tardes que le quedaban. Artificialmente, casi de manera forzada, le contestó a Fernando que estaría encantado de salir a tomar algo con él. Lo consideró un acto de generosidad.

Fernando llegó al piso de Julián alrededor de las seis. Llevaba consigo una bolsa con dos novelas y un recetario que le entregó a Julián en cuanto abrió la puerta, justo después de saludarse con un abrazo mudo pero sincero. «Son de Lucía», comentó Fernando mostrando el interior de la bolsa. Julián se dio cuenta de que había usado el tiempo presente en lugar del pretérito, pero no dijo nada. Hizo una señal con la mano invitándolo a pasar, cerró la puerta y caminó delante de él hasta el salón.

Fernando se sentó en una butaca y echó un vistazo a la estancia mientras Julián guardaba los libros en un armario sin sacarlos de la bolsa. Sus ojos recorrieron las paredes vacías, las estanterías desiertas, el polvo de varias semanas acumulado sobre los muebles. Se alzaron hasta la bombilla desnuda que pendía sobre su cabeza, cruzaron el techo y se detuvieron un instante en las cortinas descoloridas del fondo para regresar otra vez a Julián, que se había sentado en una de las sillas de la mesa del comedor y se había encendido otro cigarro. De repente, al mirarlo de nuevo, Fernando sintió por él una clase distinta de lástima. Una amargura desagradable, próxima al disgusto. Más propia de un padre abatido que de un amigo.

Se habían visto por última vez el día que Fernando había ido a recoger a Julián al aeropuerto, hacía ya más de un mes. Aquella mañana, mientras regresaban a la ciudad en coche, Julián había expresado su deseo de estar solo. Con cierto nerviosismo había insistido en que necesitaba descansar. Que quería pasar algún tiempo sin ver a nadie. Sin hablar con nadie. Sin recibir llamadas ni visitas de nadie. Lo único que quería, decía una y otra vez, era estar solo y descansar.

Durante aquellas semanas, Fernando había estado acercándose al portal de Julián cada tres o cuatro días para dejar en su buzón el correo que todavía recibía en su antiguo domicilio. No hubo ni una sola vez que no dirigiese su mirada hacia el hueco de la escalera y sintiese la obligación de subir. De entrar en su casa para ver cómo estaba y preguntarle si necesitaba algo. De asegurarse, en definitiva, de que se encontraba bien. Incluso llegó a entrar en el ascensor en un par de ocasiones con la determinación de presentarse frente a la puerta de su piso, pero en ambos casos, a pesar de permanecer dentro durante algo más de un minuto, fue incapaz de pulsar el botón.

Tampoco se había atrevido a llamarlo por teléfono hasta hacía apenas unos días, con el pretexto de querer devolverle algunas cosas de Lucía. Había dado por hecho que si se ponía en contacto con él lo molestaría. Que todavía le haría falta algo más de tiempo para reflexionar y poner su mente en orden. Aquella tarde, viéndolo allí sentado, mucho más delgado y con aspecto cansado, habitando un apartamento que en realidad estaba deshabitado, tuvo el presentimiento de que Julián, en el fondo, nunca había querido estar solo del todo.

—Me gustaría preguntarte cómo estás, pero no sé muy bien cómo hacerlo —dijo Fernando en voz baja desde la butaca, sin mirar directamente a Julián—. Estas cosas nunca se me han dado bien.

—Creo que sé a qué te refieres.

—Siempre me ha parecido una pregunta un poco brusca. Demasiado repentina. Como si no fuese del todo apropiado abordar el tema de golpe y requiriese de algún tipo de rodeo previo.

Julián recogió el cigarrillo del cenicero, caminó despacio hasta la puerta y se apoyó contra el marco. Estaba convencido de que sobre ciertas cosas era mejor hablar de pie.

—No lo sé —dijo después de algunos segundos con la vista fija en el suelo—, supongo que estoy mejor.

—Cuánto me alegro de escuchar eso, Julián.

—Pero no está siendo fácil, Fer... Nada fácil.

—Claro que no, es normal.

—A veces me gustaría encontrarme más animado, comenzar a superarlo de una vez. —Julián pronunciaba despacio, como si precisase rebuscar entre sus propios pensamientos para encontrar las palabras adecuadas—. Pero otras veces creo que me sentiría fatal si eso sucediese. Como si se tratase de una traición. Como si, de algún modo, no fuese lo correcto.

—No le estarías fallando a nadie, si es eso a lo que te refieres.

—Quizá no, pero tampoco puedo evitar entenderlo de esa forma. Qué clase de persona se rehace alguna vez de algo así...

Fernando volvió a tener la misma sensación de amargura y suspiró con preocupación. Sin dejar de prestar atención a Julián, se inclinó ligeramente hacia atrás en la butaca.

—Resulta extraño... —Julián repasaba una y otra vez con el pulgar las líneas de la palma de su mano—. Algunos días me parece reconocerla al fondo de la calle. Creo ver su peinado o distinguir alguna de sus blusas o su forma de andar. La veo y pienso que es ella.

Fernando comprendió que el hecho de que Julián estuviese mejor no significaba que estuviese bien.

—De pronto tengo la sensación de que todo esto ha sido un mal sueño. De que no ha sido real y que todavía puedo llamarla a lo lejos, acercarme a ella y darle un beso.

—Entiendo...

—Pero entonces se gira para cruzar la calle o para hablar con alguien que camina a su lado y de repente ya no es ella. Es otra mujer que ya ni siquiera se le parece. Y yo me quedo allí quieto, sin hacer nada. En ese doloroso rincón de mis circunstancias. Acorralado por un mundo al que le da igual lo que acaba de suceder.

—No deberías atormentarte con esa clase de cosas, Julián. —El tono de Fernando se volvió serio—. Es algo que dejará de ocurrir antes o después. Tienes que entender que no existen formas perfectas e imperfectas de gestionar el duelo. Es un proceso que sólo existe para poder ser superado. Sea cuando sea. No tiene otra finalidad. Y cada uno lo supera a su manera. Cuando menos te lo esperes, habrás empezado a sobreponerte. Tú mismo irás desatándote poco a poco las alas y lo asumirás como algo natural. No como esa traición que mencionabas antes.

—Puede ser. Pero no consigo hacerme a la idea.

Fernando se incorporó en la butaca.

—Creo que te convendría salir más a menudo de este piso, Julián, y pensar en otras cosas. Ir a tomar algo por ahí. Acompañarme a dar un paseo. Regresar alguna tarde al barrio. Me gustaría que vinieses a cenar a mi casa una de estas noches. Podríamos hablar con calma, despejarnos un poco, intentar enfocar todo esto de otra manera.

—Todavía no. Quizá más adelante.

—Pero piénsatelo al menos. No es bueno que pases tanto tiempo aquí tú solo. Y a los dos nos vendría bien tener a alguien con quien hablar de vez en cuando.

Julián regresó a la silla y apagó su cigarrillo contra el cenicero. Fernando opinó que deberían salir un rato del piso, respirar un poco de aire fresco, tomar una cerveza en el bar de abajo. Julián se disculpó y contestó que prefería quedarse en casa y preparar él mismo un par de tazas de café para los dos. Aunque oponiéndose al principio, Fernando aceptó y lo acompañó hasta una diminuta cocina situada al fondo del pasillo, donde ambos permanecieron un rato en silencio mientras Julián calentaba el café. De regreso al salón, los dos se sentaron con sus tazas en la mesa de comedor.

—Tampoco has querido saber nada de la gente de la aldea, ¿no?

—Procuro no pensar demasiado en las cosas que me traen recuerdos dolorosos de Lucía. ¿Por qué?

—Porque lo suponía. Hace un par de semanas se comunicaron conmigo al ver que no eran capaces de ponerse en contacto contigo. Imaginaba que no les habrías facilitado demasiado las cosas.

—¿Y qué querían?

—Me enviaron un libro. *Los años falsos,* de Josefina Vicens. Alguien se lo encontró en el cajón de una mesilla de noche algún tiempo después de... —Fernando vaciló unos instantes tratando de elegir la forma menos incómoda de expresarse—. De que regresaras. Es de Lucía. Tiene su nombre escrito en la segunda página.

Julián compuso un leve gesto de rechazo, como asaltado por una incomodidad repentina. Consideró la posibilidad de que Lucía se lo hubiese dejado olvidado allí la noche que no pudo dormir, el día antes de ir al río, pero tampoco era algo en lo que quisiese centrar sus pensamientos en ese momento.

—¿Y dónde está?

—Te lo he traído en la bolsa que te di al llegar, junto con otra novela y un recetario que ella me había prestado. Mi idea era contártelo cuando la abrieses y le echases un vistazo, pero la guardaste directamente en ese armario sin mirar dentro.

—Entiende que no me resulte sencillo ver y tocar sus cosas así, sin más.

—Por supuesto que lo entiendo. Ya te he dicho antes que cada uno sobrelleva estas cosas como puede. Es natural.

Julián se levantó de la silla, se llevó las tazas medio vacías de café a la cocina y tardó algunos minutos extrañamente largos en regresar. Fernando sospechó que tal vez la visita estaba comenzando a torcerse y lo lamentó. Su intención había sido en todo momento confortar a Julián, interesarse por él, hacerle más llevadero el desconsuelo, y sin embargo tenía la impresión de no hallarse lejos de conseguir lo contrario. Y aunque ignoraba si sus sospechas eran acertadas o no, ante la posibilidad de que Julián se estuviese sintiendo juzgado, decidió que había llegado el momento de irse a casa.

Para cuando Julián volvió al salón poco después, Fernando ya lo esperaba de pie en mitad del pasillo.

—¿Ya te vas? —A Julián le apenó que Fernando se marchase tan pronto, pero al mismo tiempo también se sintió aliviado—. Apenas llevas aquí un rato.

—Me encuentro un poco cansado y creo que ya te he dado bastante la lata por hoy —comentó Fernando exagerando un ademán de fatiga—. Si no te parece mal, voy a ir a casa a echarme un poco.

—Claro que no me parece mal, Fer. Y te agradezco mucho que hayas venido. Nos veremos pronto.

—Eso es. Pero la próxima vez, en mi piso.

Los dos amigos intercambiaron una sonrisa compasiva y se dieron un abrazo. Justo en el momento de cruzar la puerta, Fernando sintió la necesidad de añadir algo más:

—Hace unas semanas subí otra vez a vuestra casa para regar los geranios, por cierto —dijo accediendo al rellano mientras terminaba de abotonarse la chaqueta—. No había subido desde hacía algún tiempo y decidí bajarlos a mi casa. Dicen que es recomendable regarlos una vez a la semana.

Julián concedió con la cabeza.

—Creo que te gustaría ver lo bonitos que han quedado en mi ventana. No hace mucho que se les ha caído la flor, pero siguen estando preciosos. Cada vez que paso por delante tengo la impresión de que Lucía se pondría muy contenta al ver lo alegres que están sus geranios en mi salón.

Julián sonrió, fingió que aquel comentario no le afectaba y se despidió levantando una mano. Fernando le devolvió el gesto de despedida y se metió en el ascensor. Julián esperó a que este bajase, tragó saliva de forma instintiva y, después de varios segundos mirando a la nada, cerró la puerta.

VEINTINUEVE

Esa noche, después de pasar el resto de la tarde echado en el sofá con la mirada hundida en la profundidad del techo, Julián abrió el armario, cogió la bolsa que le había traído Fernando y extrajo de su interior *Los años falsos*. Comprendía lo doloroso que resultaría enfrentarse a aquel libro, pero creía que quizá podría encontrar en él alguna respuesta. Aunque tal vez fuese demasiado tarde.

Observó la portada con detenimiento, lo abrió y comenzó a hojear algunas páginas, a leer algunos de sus párrafos en diagonal. Había frases subrayadas. Palabras marcadas con círculos. Breves anotaciones al margen. Se tumbó de nuevo en el sofá y continuó avanzando por los capítulos a cierta distancia, sobrevolando el texto sin detenerse en ninguna parte en concreto. Quería elaborar una composición mental de la estructura de la novela antes de comenzar a leerla.

Cuando llegó al final, justo en el instante en el que se disponía a volver al principio, advirtió algo que lo estremeció. Lucía había anotado algunas líneas en las últimas páginas en blanco. Un texto sin destinatario. Escrito para sí misma durante la noche que no había podido dormir en el pueblo.

Julián ignoraba todo esto. Lo comprendería más tarde. Pero en aquel momento, en la soledad de su apartamento, mientras el mundo se empequeñecía sin remedio a su alrededor, sintió que Lucía había querido dirigirse a él por última vez. Cerró el libro asustado, lo volvió a abrir y comenzó a leer.

A veces pienso en el azar.
Hace tiempo que dejé de verlo como algo difuso e incierto. Como el inmenso conjunto de todas las cosas que podrían suceder.

No. El azar no es eso.

Creo, más bien, que el azar es concreto. Impredecible, eso sí, pero concreto. Extraordinariamente exacto.

Hace muchos años que hablé de esto con Fernando. Me decía que todas las cosas que ahora mismo ocurren son la consecuencia de aquellas que han ocurrido con anterioridad. Y todas predisponen el siguiente escenario.

Tardé en darle la razón.

El azar es un engranaje perfecto. Lo que nos sucede en cada momento no es sólo una posibilidad aleatoria entre muchas. Lo que nos sucede en cada momento es lo único que nos puede suceder.

Es la combinación precisa de todas las piezas, de todos los movimientos previos. Dependan de nosotros o no.

Se forma con nuestras grandes decisiones, pero también con las pequeñas, por diminutas que parezcan. Y con las decisiones de todos los demás.

Si la mañana del accidente yo no hubiese salido de casa justo en aquel instante, si Fernando no hubiese decidido cruzar en aquel semáforo, si aquella furgoneta no hubiese pasado por allí en aquel momento, yo no habría terminado en el hospital. Y puede que nunca hubiese sabido lo que me estaba ocurriendo.

Hasta que fuese demasiado tarde.

Quizá ahora mismo estaría en casa, ignorando la realidad.

Pero lo que nos sucede es el resultado de nuestra propia vida, en un equilibrio milagroso y perfecto. Y si sucede de un modo y no de otro es porque esa es la única forma en la que puede suceder.

No porque esté escrito, sino porque así funciona el azar.

Tal vez, de haber tomado otras decisiones, por insignificantes que estas pareciesen, mi vida habría sido otra.

Tal vez habría terminado viviendo en otra ciudad. Tal vez no habría conocido a Julián. Tal vez no habría compartido los últimos años con la persona a la que más he querido nunca.

Podría haber sido una vida mejor o peor, eso jamás lo sabremos. Pero no habría sido mi vida.

Habría sido otra distinta, pero no la mía.

Porque nuestra historia depende del azar. Y el azar depende de nuestra historia.

Y quizá por eso, como decía Antón, todas las historias que terminan, terminan mal. Porque no podemos elegir. Porque no depende de nosotros el final.

Salvo las contadas excepciones en que sí lo hace.

Hace tiempo que he comprendido que yo puedo elegir dónde y cómo quiero que termine esta historia. Al menos eso es algo que nadie me ha arrebatado.

Y he decidido que quiero que termine en un tiempo y un lugar determinados.

Un tiempo y un lugar en los que no existía el miedo

ni el dolor

ni la tristeza.

En los que el mundo, el presente, la vida entera sucedía en cada instante.

En los que el día de mañana, la próxima semana o el mes siguiente no significaban nada.

Es allí donde quiero estar.

Y es allí donde estaré para siempre.

Por si alguna vez alguien me quiere volver a encontrar.

Alguien que comprenda que esta historia que termina, que es la mía y en la que he sido tan feliz, en esta ocasión no termina mal.

Julián cerró el libro, lo dejó al lado del sofá y, de un modo distinto al de las semanas anteriores, lleno de dolor pero también de alivio, se echó a llorar.

TREINTA

A la mañana siguiente, Julián se levantó del sofá y sintió que había dormido varios días. Se dio una ducha, se vistió, entró en la cocina para buscar algo de fruta y puso una tetera al fuego.

Mientras esperaba a que el agua hirviese regresó al salón, cogió el montón de cartas a medio leer que estaban junto al televisor y empezó a examinarlas con indecisión. Repasaba el principio de alguna, se fijaba en un par de frases sueltas de otra. Por primera vez no sintió la necesidad de evitar las despedidas y las fechas. Por primera vez no se sintió incapaz de terminarlas.

Al cabo de un rato se sentó con ellas frente a la mesa de comedor y se encendió un cigarrillo. A través de la ventana miró hacia el cielo, buscó con la vista y con la memoria el humo de algún avión y pensó en lo solo que se sentía. En lo difícil que iba a resultar seguir adelante a pesar de todo. En lo mucho que echaba de menos a Lucía.

«No sé qué voy a hacer el resto de mi vida sin ti», murmuró sin apartar la vista del cristal.

En la calle se escuchaba el ruido de algún coche al pasar. Un niño canturreaba en otro piso. La tetera comenzaba a silbar en la cocina. El resto de la casa, poco a poco y mientras Julián contemplaba el cielo, se iba llenando con la voz de Lucía. Con sus susurros al oído. Con sus expresiones de siempre. Con sus divertidas exclamaciones de sorpresa. Con su risa. Con su llanto. Con su adiós.

Todo lo demás era silencio.

AGRADECIMIENTOS

Me gustaría expresar mi agradecimiento a quienes, siendo o no conscientes de ello, habéis contribuido de algún modo a que yo haya podido escribir y publicar esta novela. De no haber contado con vuestra confianza, vuestra paciencia, vuestra orientación, vuestro ánimo o vuestra generosidad, estoy convencido de que no habría sido posible. Gracias a Mar de Marchis, Lois Caeiro, Santiago Jaureguízar, Juan Tallón, Rodrigo de Luis, Paco Sarria, Miguel Diéguez, José Luis González, Javier Fraiz, Hugo Babarro, Isaac Pedrouzo, David Pedrouzo, Ana Cermeño, Javier Prol, Lucía Vázquez Arias, Iria González, Fernando L. Moura y a todos los que en algún momento me habéis brindado apoyo. Gracias al Torgal y al Pingallo por proporcionarme cobijo material y espiritual mientras escribía, pero sobre todo mientras no lo hacía. Gracias a Maite Paradela, Mariluz

Paradela, José Luis Cachaldora y María Isabel Sieiro por facilitarme tanto las cosas. Gracias a Mónica Adán y a Elsa Veiga por su dedicación, su cariño y su impecable trabajo al frente de la edición de esta novela. Gracias a Mónica, sobre todo, por su fe. Gracias a BestLife, a los chicos de «Mantenimiento» y a los chicos de «O Grove» por aguantar mis matracas intempestivas sobre el libro. Y gracias a Alba por no soltar nunca mi mano ni dejarme caer.

Algunos quizá no sepáis muy bien por qué formáis parte de estos agradecimientos. No os preocupéis, yo sí lo sé.

ÍNDICE

Nota del autor 11
Capítulo uno 13
Capítulo dos 23
Capítulo tres 27
Capítulo cuatro 31
Capítulo cinco 39
Capítulo seis 43
Capítulo siete 47
Capítulo ocho 53
Capítulo nueve 63
Capítulo diez 65
Capítulo once 75
Capítulo doce 81
Capítulo trece 89
Capítulo catorce 95

Capítulo quince 99
Capítulo dieciséis 105
Capítulo diecisiete.. 109
Capítulo dieciocho 115
Capítulo diecinueve 117
Capítulo veinte 121
Capítulo veintiuno 125
Capítulo veintidós.. 133
Capítulo veintitrés.. 141
Capítulo veinticuatro.. 147
Capítulo veinticinco... 155
Capítulo veintiséis.. 159
Capítulo veintisiete 165
Capítulo veintiocho 169
Capítulo veintinueve.. 179
Capítulo treinta 185
Agradecimientos.. 187

Este libro se terminó
de escribir en noviembre de 2018
y salió de imprenta en el mes de abril de 2019